奎文萃珍

紅拂記

〔明〕張鳳翼　撰

文物出版社

圖書在版編目（CIP）數據

紅拂記 / (明) 張鳳翼撰. -- 北京 : 文物出版社,
2022.7
（奎文萃珍 / 鄧占平主編）
ISBN 978-7-5010-7367-2

Ⅰ. ①紅… Ⅱ. ①張… Ⅲ. ①傳奇劇(戲曲) - 劇本 - 中國 - 明代 Ⅳ. ①I237.2

中國版本圖書館CIP數據核字(2022)第010423號

奎文萃珍
紅拂記 〔明〕張鳳翼 撰

主　　編：鄧占平
策　　劃：尚論聰　楊麗麗
責任編輯：李子裔
責任印製：張　麗

出版發行：文物出版社
社　　址：北京市東直門内北小街2號樓
郵　　編：100007
網　　址：http://www.wenwu.com
郵　　箱：web@wenwu.com
經　　銷：新華書店
印　　刷：藝堂印刷（天津）有限公司
開　　本：710mm × 1000mm　1/16
印　　張：17.5
版　　次：2022年7月第1版
印　　次：2022年7月第1次印刷
書　　號：ISBN 978-7-5010-7367-2
定　　價：90.00圓

序言

《紅拂記》四卷，明代戲曲家張鳳翼撰傳奇劇本。

張鳳翼（一五二七—一六一三），字伯起，號靈虚，别署靈墟先生、冷然居士。長洲（今江蘇蘇州）人。嘉靖四十三年（一五六四）舉人。後四次參加會試，均落第。五十四歲後乃絶意仕進，以鬻書賣畫爲生。精曲律，善倚聲，時或粉墨登場。所作傳奇《紅拂記》《祝發記》《灌園記》《竊符記》《虎符記》《扊扅記》，合稱《陽春六集》，今存；另有《平播記》，已佚。其劇作文辭華美典雅，爲『駢綺派』代表人物。另著有《處實堂前後集》《談輅》《夢占類考》等。

《紅拂記》劇情本于唐人傳奇小説《虬髯客傳》和孟棨《本事詩》所記樂昌公主的故事。全劇三十四出，叙隋朝末年，京兆三原人李靖投奔西京留守司空楊素。楊府紅拂侍女張氏見李靖一表人才、胸有大志，當夜女扮男裝，出府隨其私奔。二人欲投太原李世民幕下，途中偶遇虬髯客張仲堅，紅拂女慕其豪俠，與之結爲兄妹。虬髯客本有争奪天下之志，見李世民之後，自知難以匹敵，遂傾其家財以助李靖，使其輔佐李世民成就功業，虬髯客則入扶餘國自立爲王。作品中又插入陳後主之妹樂昌公主與其夫徐德言破鏡重圓的故事，紅拂女勸説徐德言投奔李靖，助其創建奇功。劇本中的紅拂女聰慧勇敢，虬髯客豪爽慷慨，人物性格鮮明突出。劇情前後離合起伏，針綫綿密。吕天成《曲品》列之爲上中品，評曰：『此伯起少年時筆也。俠氣辟易，作法撇脱，不粘滯。』張琦《衡曲麈譚》云：『伯起好古文辭，尤一時名宿，所爲《紅拂》傳奇，俠逸秀朗，雖論者有輕弱之嫌，孰知意態修美，如翔禽之羽毛，正自難得。』李贄則徑評：『此記關目好，曲好，白好，事好。』（《焚書》卷四《雜述・紅拂》）

《紅拂記》今存有明萬曆間金陵繼志齋刻本、明萬曆間杭州容與堂刻本、明金陵文林閣刻本、明新安汪氏玩虎軒刻本、明建陽蕭騰鴻師儉堂刻本、明末毛氏汲古閣原刻初印本、明末汲古閣刻《六十種曲》本、民國初年劉世珩刻《暖紅室彙刻傳奇》本等，均二卷。唯此明末凌玄洲刻套印本分四卷。卷前附《虬髯客傳》，題唐張説撰（實應杜光庭撰）；又有精美版畫十二幅，皆單面方式圖，爲名工王文衡繪圖，構圖精微，意境悠遠，通過亭臺、庭院、樹木、峰巒等景物的描摹，以景襯人，臻于情景交融的化境。此次據明末吴興凌玄洲刻朱墨套印本影印。

編者

二〇二二年四月

後遂閑美人捧出逗漏

虬髯客傳

唐張說撰　明湯若士評

隋煬帝之幸江都。命司空楊素守西京。素驕貴又以時亂。天下之權重望崇者莫我若也。奢貴自奉。禮異人臣。每公卿入言。賓客上謁。未嘗不踞牀而見。令美人捧出。侍婢羅列。頗僭於上。末年愈甚。無復知所負荷。有扶危持顛之心。一日衛公李靖。以布衣上謁獻奇策。素亦踞見。公前揖曰。天下方亂。英雄競起。公爲帝室重臣。須以

妙是有心人自見膽畧

收羅豪傑爲心。不宜踞見賓客。素斂容而起謝。公與語。大悅。收其策而退。當公之騁辯也。一妓有殊色。執紅拂立於前。獨目公。公旣去。而執拂者臨軒指吏曰。問去者處士第幾。住何處。公具以對。妓誦而去。公歸逆旅。其夜五更初。忽聞叩門而聲低者。公起問焉。乃紫衣帶帽人。杖一囊。公問誰。曰。妾楊家之紅拂妓也。公遽延入。脫衣去帽。乃十八九佳麗人也。素面畫衣而拜。公驚。

非私奔也渾是俠節

答拜。曰。妾侍楊司空久。閱天下之人多矣。無如公者。絲蘿非獨生。願托喬木。故來奔耳。公曰。楊司空權重京師如何。曰。彼屍居餘氣。不足畏也。諸妓知其無成。去者甚衆矣。彼亦不甚逐也。計之詳矣。幸無疑焉。問其姓。曰張。問其伯仲之次。曰最長。觀其肌膚儀狀。言辭氣語。眞天人也。公不自意獲之。愈喜愈懼。瞬息萬慮不安。而窺戶者無停屨。數日亦聞追討之聲。意亦非峻。乃雄

衛公處此膽亦怯

原非竊婦而遇英雄伎倆如此

都是豪俠之氣

服乘馬排闥而去將歸太原行次靈右旅舍既設牀爐中烹肉且熟張氏以髮長委地（小小點綴甚佳）立梳牀前公方刷馬忽有一人中形赤髯如虬乘蹇驢而來投革囊於爐前取枕欹臥看張梳頭公怒甚未決猶親刷馬張熟視其面一手映身搖示公令勿怒急急梳頭畢斂衽前問其姓臥客答曰姓張對曰妾亦姓張合是妹遽拜之問第幾曰第三因問妹第幾曰最長遂喜曰今多幸逢

可見張氏勝衛公多〻許

一妹張氏遙呼李郎且來見三兄。公驟拜之。遂環坐。曰煑者何肉。曰羊肉。計已熟矣。客曰饑。公出市胡餅。客抽腰間匕首。切肉共食。食竟。餘肉亂切送驢前。食之甚速。客曰。觀李郎之行。貧士也。何以致斯異人。曰靖雖貧。亦有心者焉。他人見問。故不言。兄之問。則不隱耳。具言其由。曰。然則將何之。曰。將避地太原。曰。然。故非君所致也。曰有酒乎。曰。主人西。則酒肆也。公取酒一斗。既廵客。曰。幸。有少下酒物。李郎能同之乎。曰。不敢。於是開草囊。取一人頭。并心肝。却頭囊中。以匕首切心肝。共食之。曰。此人天下負心者。銜之十年。今始獲之。吾憾釋矣。又曰。觀李郎儀形器宇。眞丈夫也。亦聞太原有異人乎。曰。嘗識一人。愚謂之眞人也。其餘將帥而已。曰。何姓。曰。靖之同姓。曰。年幾。曰。僅二十。曰。今何爲。曰。州將之子。曰。似矣。亦須見之。李郎能致吾一見乎。曰。靖之友劉文靜者與之狎。因文靜見之可也。然兄何爲。曰。望氣者言太原有奇氣。使訪之。李郎何日到太原。靖計之日。曰。達之明日。日方曙。候我於汾陽橋。言訖。乘驢而去。其行若飛。迴顧已失。公與張氏且驚且喜。久之。曰。烈士不欺人。固無畏。促鞭而行。及期。入太原。果復相見。大喜。偕詣劉氏。詐謂文靜曰。有善相者。思見郎君。請迎之。文靖素奇其人。一旦聞有客善相。遽致使迎之。使迴

能令虬髯見之心死李公子可人可人

而至不衫不履裼裘而來神氣揚揚貌與常異虬髯默然居末坐見之心死飲數杯招靖曰眞天子也公以告劉劉益喜自負既出虬髯曰吾得八九矣然須道兄見李郎宜與一妹復入京某日午時訪我於馬行東酒樓下有此驢及瘦驢即我與道兄俱在其上矣到即登焉又別而去公與張氏復應之及期訪焉宛見二乘攬衣登樓虬髯與一道士方對飲見公驚喜召坐圍

要知道士是高仲堅衛公一等

飲十數巡。曰。樓下櫃中。有錢十萬。擇一深穩處駐一妹。某日復會於汾陽橋。如期至。即道士與虬髯已到矣。俱謁文靜。時方奕碁。起揖而語。少焉文靜飛書迎文皇看碁。道士對奕。虬髯與公旁侍焉。俄而文皇到來。精采驚人。長揖就坐。神氣清朗。滿坐風生。顧盼煒如也。道士一見。慘然斂碁子曰。此局全輸矣。於此失却局哉。救無路矣。罷奕。請去。既出。謂虬髯曰。此世界非公世界。

他方可也。勉之。勿以爲念。因共入京。虬髯曰。計李郎之程。某日方到。到之明日。可以一妹同詣某坊曲小宅相訪。李郎相從一妹。懸然如磬。欲令新婦祗謁從容。無令前却。言畢。吁嗟而去。公策馬而歸。即到京。遂與張氏同往一小版門子。叩之。有應者。拜曰。三郎令候李郎一娘子久矣。延入重門。門愈壯。婢四十人。羅列庭前。奴二十人。引公入東廳。廳之陳設。窮極珍異。巾箱粧奩

虬髯亦真異人但差讓李公子一頭耳

冠鏡首飾之盛。非人間之物。巾櫛粧飾畢。請更衣。衣又珍異。既畢。傳云。三郎來。乃虬髯紗帽裼裘而來。亦有龍虎之狀。歡然相見。催其妻出拜。蓋亦天人也。四人對饌訖。陳女樂。列奏其前。飲食妓樂。若從天降。非人間之曲。食畢。行酒。家人自堂東舁出二十牀。以錦繡帕覆之。既陳。盡去其帕。乃文簿鑰匙耳。虬髯曰。此盡寶貨泉貝之數。吾之所有。悉以充贈。何者。欲以此世界求事。

當或能戰二三載。建少功業。今既有主。佳亦何爲。太原李氏。眞英主也。三五年內。即當太平。李郎以奇特之才。輔清平之主。竭心盡善。必極人臣。一妹以天人之姿。蘊不世之藝。從夫之貴。以盛軒裳。非一妹不能識李郎。非李郎不能遇一妹。起陸之漸。際會如期。虎嘯風生。龍吟雲萃。固非偶然也。持予之贈。以佐眞主。贊功業也。勉之哉。此後十年。當東南數千里外。有異事。是吾得事之秋也一妹與李郎可瀝酒東南相賀因命家僮列拜曰李郎一妹是汝主也言訖與其妻從一奴乘馬而去數步遂不復見公據其宅乃爲豪家得以助文皇帝締構之貲遂匡天下貞觀十年公以左僕射平章事適南蠻入奏曰有海船千艘甲兵十萬人扶餘國殺其主自立國巳定矣公心知虬髯得事也歸告張氏具衣拜賀瀝酒東南祝拜之乃知真人之興也由英雄

結亦有情法 西老

所與。況非英雄者乎。人臣之謬思亂者。乃螳臂之拒走輪耳。我皇家垂福萬葉。豈虛然哉。或曰。衛公之兵法半乃虬髯所傳也。

若此傳本張燕公譔或曰杜光庭非也其事與唐史不合史稱大業十四年文皇年十八起義兵而煬帝以元年幸江都是時文皇甫六齡安得謂僅二十而有天子相乎若以此幸爲十二年事則楊素之亡已久且衛公嘗上高祖急變豈能識天子塵埃中耶其爲子虛烏有之說無疑矣說之豈真昧此特故爲是舛謬以顯其寓言耳雖然亦奇甚矣

凌玄洲識

評　自是大英雄寓其無聊之志

渡江
庚申秋日王大衡写

高賢會合任西東莫怪江頭垂釣翁縱使機關遠棊局誰延相對別離雄

凌亦觀

譚俠

佳人何事苦牢籠飄泊侯
門態未終歌嘆舞態誰為
悅一種幽思訴晚風

浮玉

望氣
三

宏圖極九天遠志問重
玄莫謂太原道辰光此
地偏

起祥

四

閨中俠節出雲霄楊素
勳名枉見指還念臨邛
卓氏女倦遊人豈逐蓬
飄

起祥

遇知
五

一雙俊俏眼到處有逢
迎既遂綠蘿願徐聯兄
妹情

趙祥

觀棋
六

公子龍潛物色時塵埃
誰識帝王姿英雄早契
驪黄外聊假爭馳一局
棊

起祥

棄家
七

天地吾蓋藏何必分此
彼棄之如土苴飄然渡
若水

玄觀

八

堪憐亡國一波臣鏡破
分飛莫問津啼笑兩難
以懷慨新官還舊、還
新

玄觀

九

機緣逐流水雄心猶

未已海外獨稱王退步

差可擬

玄觀

十

曾向朱門献笑来喜諧
伉儷遂多才何期此地
逢知己細訴離情別緒
臺

浮玉

同祈

杖策同征去路岐莫歎陌
上問歸期頓須域外降
驕虜拜月深、寄所思

起祥

十二

中原大將追亡虜海國興
王整義師誰謂功名僅如
許到頭方識俊男兒

赵祥

紅拂記

標目

期訪賢人　樂昌懷伴
棋決雌雄　俊傑知時
物色陳姻　擲家圖國
破鏡重符　楊公完偶
髯客海歸　教壻覓封
奸宄覘覦　明良遭際
競避兵燹　奇逢舊侶
奉征高麗　寄拂論兵

紅拂傳本唐張燕公作或曰衛公兵法多謂之虬髯客云

句後

紅拂記卷一

第一齣　傳奇大意

【青玉案】末上　人生南北如岐路。世事悠悠等風絮。造化小兒無定據。翻來覆去，倒橫直竪。眼見都如許。　時來有志須遭遇。却笑風流賦枯樹。坎止流行應有數。良辰美景。賞心樂事。一曲飛觴羽。

試問後房子弟。今日搬演誰家故事。那本傳

奇。內應云今日試演一本李衛公紅拂記。末云元來是這本傳奇。待小子畧道幾句家門。便見戲文大意。

鳳凰臺上憶吹簫李靖人豪。張姬女俠。相逢似水如魚。喜私奔出境。靈右停車。偶與虬髯相遇。談笑處。意愜情舒。覘真主。扶王定霸。各自躊躇須臾西京兵起。把佳人驚走。野外馳驅。遇樂昌夫婦。合鏡安居。付紅拂徐郎上道。到海上坐展雄圖。功成日。同歸完聚。刻上分符。

打得上情郎紅拂妓。　撇得下愛寵楊司空。

讓別人江山虬髯客。　成自巳事業李衛公。

待時而動四字便是李衛公一生拿把

第二齣　仗策渡江

【瑞鶴仙】（生扮李靖上）少小推英勇。論雄材大畧。韓彭伯仲。干戈正洶湧。奈將星未耀。妖氛猶重。幾回看劍掃秋雲。半生如夢。且渡江西去。朱門寄跡。待時而動。

【鷓鴣天】投筆由來羡虎頭。須教談笑覓封侯。囊中黃石包玄妙。腰下青萍射斗牛。調羹鼎。濟川舟。雲龍風虎豈難投。功名未到英雄手。

且與時人笑敝裘。李靖。字藥師。京兆三原人也。姿貌魁秀。氣槩雄奇。與聞韜畧。忝韓柱國宅相之親。受業河汾。叨文中子宮墻之末。正是世本將家元有種。才堪王佐更無雙。連年獻策皇都。苦爲當權媢嫉。擯棄不錄。淪落江左。十有餘載。近來聞得越公楊素。留守西京。招納豪傑。欲待。仗策往見。以圖尺寸。只得渡江取路前去。

肉眼笑英雄世間正自不少知不得不任之耳

【錦纏道】本待學鶴凌霄。鵬摶遠空。嘆息未遭逢。到如今教人淚灑西風。我有屠龍劍。釣鰲鉤。射雕寶弓。又何須羡毛錐。角拔冰蠶。猛可里氣忡忡。這鞭梢兒肯隨人調弄。待功名鑄鼎鐘。方顯得奇才大用。任區區肉眼笑英雄。

迤遲行來。又到這大江邊也。怎得個船兒渡過去呀。好了。遠遠有個漁船來了。【末扮漁人】【上】家臨九江水。來往九江側。同是長干人。何

芙蓉生在秋江上不向東風怨未開最堪吟句可稱點化之妙

事不相識。（生云）漁翁。渡我過江去。我多與你錢。（末云）漢子。你差了。我在此釣魚尚且意不在魚。就渡你一渡。何須論錢。上來上來。仔細

【普天樂】生　謝漁翁相欽重。暫許我仙舟共。汀蘆畔。汀蘆畔。驚起棲鴻。波心裏。隱見游龍。似憑虛御風。（末云）漢子。你看江上芙蓉都開了。（生）最堪憐。是秋江上寂寞芙蓉。

【古輪臺】末　幸相同。片帆江上掛秋風。可堪驚眼

六典六數
六流六麗

風波裏南飛烏鵲遶樹無枝分明是撑李難容
生俛首沉思轉添惆悵自慚踪跡久飄蓬末看
你儀容俊雅笑談間氣展霓虹多管是吹簫伍
相刺船陳孺題橋司馬惜別太匆匆君今去不
知何日再相逢

末云漢子你姓甚名誰如今要往那里去生
云小生姓李名靖因獻策未遂流落多年如
俗了
今將投楊越公去請問漁翁姓名下次好相

各揭帥牌相示

謝。末云 我那里是漁人。我本姓劉。名文靖。字肇仁。世居京兆武功。因父死難。襲封官職。今見天子營仁壽宮。人民苦役。每每思亂。故棄職避地在此。近聞太原州將子李世民。英雄蓋世折節延攬。我不久就投他去。你到越公處。倘不得意。也到太原來如何。生云 謹領盛意。就此分手。

尾聲 生 風塵奔走徒虛哄。頃刻勞君舟楫功。末

壯扒

有日還乘破浪風。

生 江畔逢君終不迷。

合 何時一舉風波靜。

末 即今相見却成悲。不是英雄話

江漢飜爲雁鶩池。

可評

第三齣 秋閨談俠

一剪梅 旦扮紅拂貼扮樂昌公主上 旦 庭院涼生枕簟秋。月上粧樓。風滿歌樓。貼 梧桐葉落雨初收。新恨眉頭。○○○。舊事心頭。

更漏子 旦云 玉爐香。紅蠟淚。偏照画堂秋思。眉翠薄。鬢雲殘。夜長衾枕寒。貼云 梧桐樹。三更雨。不道離情苦。一葉葉。一聲聲。空堦滴到明。旦云 奴家姓張行一。世居東吳。因避兵西

只不耐煩喚聲
便煩惱私奔矣

來。借住越府廊下。不幸父親亡過。就養育在越公府內。纔得長成。便教歌舞。插金披綺。好不富貴。只是奴家情耽書史。性好兵符。每聞喚聲。好不耐煩也。〔貼云〕奴家乃亡陳公主。號曰樂昌。自兵入建康。與夫主徐德言分別。掌令上將奴賜與越公。逗遛在此。不覺一年也。〔旦云〕姐姐。你我終日選伎徵歌。隨行逐隊。如何是好。

詞旨溫厚
而復雄偉

【駐雲飛】旦 繡幄瓊樓。選伎徵歌第一流。扇底眉頻皺。舞處低紅袖。休 脈脈歎淹留。年光迤逗。空有煉石奇材。誤落裙釵後。魂斷西風不自由。心事縈牽別樣愁。

【前腔】貼 雨散雲收。漂泊渾如不繫舟。愁殢新豐酒。黛鎖隋堤柳。休 窖約幾時酬。誰知消瘦。天上人間別恨難禁受。爭怕芙蓉不耐秋。一任珠簾不上鈎。

揮麈吐霓虹

亟諾自是異人

貼 姐姐。你手中拿那紅拂子。却是爲何。旦 你聽我道來。

駐馬聽 玉笋金鞲。揮麈風前亂攪愁。欲待拂除、、煙霧。拭却塵埃。打滅蜉蝣。春絲未許障紅樓。簾櫳淨掃窺星斗。背科 若問緣由。誰能解得就中機彀。

旦 姐姐。你常時懷那半面破鏡。却是爲何。

前腔 貼 鳳去秦樓。一段相思半面羞。只爲青鸞

更爲典切

罷舞金鵲驚飛缺月含愁粧臺懶整玉搔頭水晶簾舊約空回首〔背科〕若問緣由不知何日重諧佳偶

（旦）眞成薄命久尋思　（貼）夢見君王覺後疑

（合）火照西園犯夜飲　分明複道奉恩時

野思

第四齣 天開良佐

末扮西嶽大王上云 善哉善哉。人間私語。天聞若雷。暗室虧心。神目如電。自家奉玉皇勅命。鎮守西方。配位四嶽。今日有一異人李靖到此。不免曉諭他一番。多少是好。小鬼判官何在。

丑淨扮鬼判上

西地錦 生上 歷盡長堤險渡。自憐多少奔波、殘、陽、古廟、無烟、火、空、山、惟、有、啼、鳥。

一路行來。再無人家。只遇得這所古廟。不免
進去歇息一回。再作區處。呀。元來是西嶽大
王之廟。我想如今行藏未決。不免向大王面
前拜囑一番。討個端的。却不是好。（作拜科）靖
聞大王肅爽凝威。嵯峨擅德。是以立像清廟。
作鎮金方。遐觀歷代哲王。莫不順時禋祀。輿
雲致雨。天實肯從。轉孽爲祥。何有不賴。李靖
吐肝膽於堦下。拜求一卦。倘三問不對。亦何

英氣鬼神愁

英雄未遇自有種柳鬱無聊之狀李衛公從龍之願乃其素心此作者善摹其無聊之詞耳若卦上不得為天子便思退為宰相則幾疑人前說夢矣覽者宜得之

神之有靈我便當斬大王頭焚其廟。惟神裁之。大王聽我道。

【玉芙蓉】我堂堂一丈夫。落落多艱阻。十年來一身進退維谷。失林飛鳥無投處。涸轍窮魚轉困苦。【合】時不遇。向誰行控訴。倘神靈有知。須早啟迷途。

你看如此世界呵。

【前腔】奸雄方競逐。社稷將傾覆。待橫行須臾電

有大志

擊風馳掃除氛祲清寰宇。斬戮鯨鯢萬姓蘇。合前

【卜卦科】大王。我李靖若果有天子之分。乞明賜一卦。呀。如何卦不好。我既無天子之分。終不然天生李靖何用。只得再求一卦。擇一賢主輔之立功。何如。

【前腔】天心倘有屬。大寶應難據。終不然坐看社稷丘墟。待捧忠竭節從明主。仗劒除殘早濟時

合前

引明指出易讀作難易之易

【卜卦科】呀。此卦却好了。拜禱已畢。不覺神思困倦。且就廊下畧睡片時。多少是好。【作睡科】

【神起說科】李將軍。你擡起頭來。聽我道。【西江月】南國休嗟流落。西方自得奇逢。紅絲擊足有人同。月府一時跨鳳。去處須尋金卯。奔時莫易長弓。一盤棋局識真龍。好把堯天日捧。李將軍。天色漸明。可起身罷。

【前腔】生 朦朧一夢裡。恍聽神人語。分明是說一

是英雄本色

個去向端的。大王。多承你指點我呵。不須買卜君平宅。免使楊朱泣路岐。時不遇。向誰行控訴。謝神靈應聲如響指長途。

方纔朦朧睡着。分明是大王叮囑我一番言語中間。雖有難解處。且待將來。必有應驗。

夢中言語記來眞。莫道無神却有神。

須信行藏多是命。也知富貴不由人。下

〔末〕李靖去了。判官小鬼。你與我一路護送他正是大底乾坤都一照。免教人在暗中行。

王毅点壮

第五齣 越府宵遊

（末扮院子上云）生年不滿百。常懷千歲憂。晝短苦夜長。何不秉燭遊。自家不是別人。却是楊越公府中一個院子的便是。若論我老爺。果然是整頓乾坤手。扶持日月功。腰間三尺劍。掌上萬人雄。怎見得。你看他志平吳楚。功蓋華夷。揮戈處赤日車迴。煉石來青天缺補。說他將令的嚴明。使三軍股慄。看他權鋒的氣槩。是一陣雷霆。擊顧世興於晉陵。破朱莫問於楊子。因風縱火。智慧喪膽逋逃。泛海薄營。國慶棄州奔走。旣有偌大功勞。可知許多受用。偏裨有來護兒諸雄。眞道朝驅猛將。書記有封德彝等輩。果然夜接詞人。花封繡戶貯嬌姿。不數他鄴都銅雀。劍擁玉人充舞隊。多半是帝胄金枝。吹銀笙鼓瑤瑟。分明世外鈞天。開錦帳。啟璚筵。疑是壺中福地。盤龍玉跳脫沒禁約的梳粧。寶馬鐵連錢。有色認的打扮。明霜畫戟。候門死士千員。嘶夜紫騮。夾道垂楊幾樹。我那老爺定是天上明明上將星。遣來人世布威靈。麒麟閣上應圖畫。鳥鼠山前好勒銘。早間蒙老爺分付。鋪設筵席賞月。天色漸晚。收拾已完。不免去禀覆老爺則個呀。道猶未了。老爺早到。

【齊天樂】外上 掃清江漢功無上。雙手拍開霄壤。斧

如今富貴人不覺者太多。

鉞威權珥貂尊貴番覺此身勞攘自知重望好坐撫人民臥守封疆警罷銅魚光分玉兎且徜徉。

金魚玉帶應三台將相還須蓋世才我本無心求富貴誰知富貴逼人來楊素身爲名將職任元戎討無不平戰無不克我常臨戰令一二百人赴敵陷陣不能陷而還者悉斬之又令二三百人復進還如向法士知進生退

道其實

死。所向無前。及至論功。雖微必錄。故士雖畏我。亦願從我。人知我成功之易。不知我皆以賞罰中得士力也。今天子幸江都。加我司空之職。卽命留守西京。日來兵政肅清。衙門無事。早上分付院子。設宴花園中看月。院子那有。（末云）院子嗑頭。（外云）筵席可曾完備否。（末云）禀老爺筵席完備多時了。請老爺賞月。（外云）旣如此。可喚女樂每出來承應。（末云）女樂每走動。

【生查子】旦貼齊上 睡起洗殘妝，粉褪香腮上。報道欲持觴。一派笙歌響。

【旦貼拜科】【外】取酒過來。

【香柳娘】外 向明月舉觴，向明月舉觴，璇臺虛敞。青天碧海開秋爽。【外指旦科】你把那新打的曲兒唱一個。【旦】試新聲奏商，試新聲奏商。雜管更調簧，珠喉轉嘹喨。合 看澄波夜光，看澄波夜

燭照華堂四字大有關係

瓔璞弍是翁諶與共語

光、獨。照。華。堂。偏、宜、清、賞。〔旦進酒科〕

〔前腔〕外　任嬌娥進觴、任嬌娥進觴。天香飄漾。桂枝疑在青雲上。〔指貼科〕你試舞一回。〔貼舞唱〕舞纖腰楚粧。舞纖腰楚粧。踏、月、展、霓、裳。分、輝、動、羅幌、〔合前〕

〔旦貼云〕風露寒、冷。老爺請自保重。

〔前腔〕外　任吹風墜霜。任吹風墜霜。我。爲。將。十。年。呵。身。披。草。莽。寒。關。夜。渡。渾。無。恙。況秋宵正長。

況秋宵正長。暫醉白雲鄉。須教洗塵況。合前

（外作醉科）

（前腔）貼背唱 見明月暗傷。見明月暗傷。舊遊虛爽。誰懸明鏡青天上。旦 你不須斷腸。你不須斷腸。圓缺謾平章。終須脫塵網。（外醉旦貼扶唱）合前

（外云）我已醉了。收拾進去罷。

外 歌殘舞罷已三更。可愛秋空氣轉清。

旦 須信露從今夜白。貼 偏憐月是故鄉明。

第六齣　英豪羈旅

【夜遊湖】（生上）匹馬長途愁日暮。時未遇。自歎馳驅。趙壁山中。隋珠海底。求售可憐無主。

一鴈西飛烟樹秋。關河搖落使人愁。無人寄語司空道。莫遣明珠惜暗投。自家涉遠到此。欲投越公。只得賃間房兒住下。明日清晨往候。却不是好。且喜正遇個客店。不免問聲。店主人那里。（丑上）來了。相留燕趙齊梁客。借寓

東西南北人。是誰。〔生〕云小生要賃房的。〔丑〕要
幾間。〔生〕要兩間。須是僻靜的纔好。〔丑〕敢是官
人要看書麼。〔生〕不是。要候見越公。〔丑〕若官人
往月宮裏去。千萬帶了我去。作成我看看桫
欏樹。與那搗藥的兎子。〔生〕不是。是老司空。〔丑〕
若尋老師公。須在庵院寺觀裏去。如何到我
民家來。〔生〕我自要見楊司空老爺。你也不消
絮煩閑說。只與我房兒便了。〔丑〕此處來鍋灶

客况宛然

也有。可要做飯広。（生云）前面店中喫了。你自方便。（丑下）（生云）客館蕭條。行踪未定。教我如何睡得着。

【集賢賓】寒燈欹枕聽夜雨。堪憐彈鋏無魚。懷刺侯門誰是主。抱奇才未遇明時。沉吟自許。須有日風雲際會。雖逆旅。論囊底不愁資斧。

夜已深了。不免去強睡一回。

江鄉回首隔風塵。　夜雨柴門思黯然。

正是鴈飛不到處。

果然人被利名牽。

第七齣 張娘心許

（外上）數載握兵權。居重地。士戢民安。（旦）拂劍科為公拂拭芙蓉劍。（貼）看氣奪霜威。光欺星燦。曾斬樓蘭。

似娘兒

（外云）戰袍猶帶血痕腥。十載高懸海內名。前隊貔貅銜曉色。後車鶯燕雜春聲。我自在此鎮守。門客甚多。近來頗覺懶于應接。去者頗衆。雖然如此。倘有豪傑。我自識他。正是跛足

詩用樓蘭西域國名，後更爲鄯善

幽末三句極壯嫵，不肖樂昌語氣

元堪笑。重瞳我自明。昨日送門簿來。有個秀才李靖求見。我曾聞此人有文武全材。今日若再來。當接見他一番。看他談論如何。分付値門將官。今日秀才若來。可與通報。

【菊花新】生上朱門先達笑彈冠。丞相無私斷掃門。作客又經年。賦無衣有誰憐念。

小生昨日候見司空。門上將官辭以飲宴。不得接見。今日只得又來。不知得相見否。只怕

詞嚴義正

又是飲宴。正是但知北海客。不聞北濵魚。早到司空府門首了。將官勞一通報。（丑扮將官報進見生長揖云）司空拜揖。（外作坐受科）（生）天下方亂。英雄競起。公爲帝室重臣。須以收羅豪傑爲心。不宜倨見賓客。（外作起謝科）老夫有罪了。請問先生。今天下紛紛。定而復亂。先生遠來。何以教我。（生）司空請坐。待小生拜禀。（外）先生請坐講。（旦目生科）

【啄木兒】生 蒙尊命敢浪言。論四海干戈未息肩。只爲着土木疲民。泥邊庭黷武連年。繁刑重斂誰不怨山林嘯聚爭思亂。爲今之計除是罷役休兵漸撫安。

【前腔】外 逢佳士得讜言。我當初佐文皇定天下呵 河北江南已奠安自當年駕幸江都。致中原萬姓騷然。我此身重荷朝廷眷。扶危定亂眞吾願還要細與賢良計萬全。

慧心女子當由慧業文人化身

【生】小生告退。再當候見。【外】倘先生有暇時。常來一講論老夫不得遠送了。【生外貼下】【旦】【吊場云】院子。老爺着你問李秀才寓所何處。【内應云】在西明巷口第一家便是。【旦】知道了。待我自復老爺去。

【簇玉林】看他言慷慨。貌偉然。信翩翩美少年。私心願與諧姻眷。只是無媒怎得通繾綣。我有計在此了。且俄延。須教月下成就這良緣。

此事本當與陳美人說知。恐有漏泄。不當穩便。且到其間。再作理會。

作見風前連理枝。　須教燈下有佳期。
一腔心事無人識　惟有清風明月知。

襃成語渾脫末句嫌司空見慣不以爲意也語冷而眞

風流會心又不失英雄本色

第八齣 李郎神馳

〔步步嬌〕生上 朝來獻策侯門去。見座右嬌娥侍。風流絕代姿。却訝秋波。幾番偷覷。眇眇獨愁予。司空見慣渾閒事。

方纔候見司空。見一侍女手持紅拂。頗有顧眄之意。未知何故。

〔江兒水〕天上碧桃樹。日邊紅杏枝。笑水中看月做風中絮。無端一笑成何濟。料目成心許也非

容易把意馬心猿拴住。打疊情蹤收拾起迷魂春思。〔丙作鵲噪科〕

〔川撥棹〕鵲聲沸。更燈花何太喜。看簾鈎雙掛珠絲。看簾鈎雙掛珠絲。算窮途有何信息。且向孤幃枕漫支。漸聞雞起舞時。

〔尾〕漁郎誤入仙源去。回首桃花路已迷。莫向風前有所思。

本謁矦門兾托名。　紅顏顧盼笑顏生。

東邊日出西邊雨。

道是無情却有情。

自是有心人口吻

紅拂記卷二

第九齣　太原王氣

【喜遷鶯】外扮虬髯客　淨扮徐洪客　【外】殘霞斂岫。正舉目江山。滿天星斗。淨　日出分行。晚歸相守。事機各在心頭。合　風斷數聲殘漏。雁排一帶深秋。登高處。占星望氣。半晌凝眸。

【外云】茫茫宇宙。落落堪輿。【淨云】共探驪龍。誰得其珠。【外云】自家姓張。名仲堅。生長東魯。以

殺人避仇。卜居西京。我素有大志。見天下將
亂。嘗廣蓄貲財。規造繻務。或龍戰二三十載。
意欲建少功業。又喜得我道兄徐洪客。海上
遠來相從。似石投水。言無不合。眼見得這事
有幾分也。〔淨云〕張兄。夜色漸清。你我正好望
氣了。且喜此間有個高岡。與你同上一望。却
不是好。〔外云〕道兄同請。〔淨云〕張兄。你看那妖
星犯牛女。紫微垣失光。天下事可知矣。〔同望

壯麗生氣勃勃

（科）呀。好怪好怪。你看參井之分。紫氣騰燿。太原乃參井分野。恐其中必有異人。張兄見否。

（外）道兄。我豈不見來。

（瓊南枝）（外）看那重雲護瑞氣浮。分明五城十二樓。咳。道兄我生事在吳鈎。機關已成就。倘有勍敵起做項與劉。這紛爭怕粘手。

（前腔）（淨）徘徊望。展轉愁。眼前是非方未休。張兄。你看江都分野已見隋家不濟事了。他王氣黯然收。縱橫未分剖。倘真人起。正可憂。與他做頭敵恐掣肘。

張兄。這也不難。我只待天明。先往太原去。你可回家備些口糧。隨後便來。約定在汾陽橋相候。到得那里。少住十日半月。好歹便知端的。（外）如此甚好。道兄請先行。我隨後便來也。

淨　休論王相與孤虛。　世亂誰當任掃除。

外　渾濁不分鰱共鯉。　水清方見兩般魚。

秋波一轉

第十齣 伎女私奔

【旦紫衣紗帽上】自憐聰慧早知音。暫見英豪意已深。俠氣自能通劍術。春情非是動琴心。奴家自從見那秀才之後。不覺神魂飛動。我想起來。塵埋在此。分明是燕山劍老。滄海珠沉。怎得個出頭日子。若得絲蘿附喬木。日後夫榮妻貴。也不枉了我這雙識英雄的俊眼兒。如今夜闌人靜。打扮做打差官負的粧束。

輿動曲肖女俠

私奔他去。早巳被我賺出這門兒來也呵。

【北二犯江兒水】重門朱戶。恰離了重門朱戶。深閨空自鎖。正瓊樓罷舞。綺席停歌。改新粧尋鴛侶。西日不揮戈。三星又啟途。鸞馭偷過。鵲駕臨河。握兵符怕誰行來問取。魏姬竊符。分明是魏姬竊符。雞鳴潛度。討得個雞鳴潛度。聽更籌戍樓中漏下玉壺。

【衆扮更夫上擂路科】此是何人。這般時候在

不惟有眼力才識膽智更自超越

那里去。

【前腔】旦公門將佐，我是個公門將佐，休猜做忘國虜。正懷揣着令旨，手執銅符，戴烏紗衣掛紫。【衆】如今老爺睡也未。【旦】寄語主更夫，何須竟夜呼。老爺呵，自有絃上醍醐，燈下氍毹，這時節向陽臺行雲雨。【衆】如此說，大人自去。我們就睡也不妨了。正是各人自掃門前雪，莫管他家瓦上霜。【衆下】【旦】你看這一夥人，被我兩三句

此際未能發揮驚喜之狀商量逃竄之術而從以勇聲再謂張智之未也

話都哄過了。女中丈夫不枉了女中丈夫人中龍虎。正好配人中龍虎。說話間不覺的喜孜孜。來到草廬。

乘着這月色又到了西明巷了。此是第一家。不免敲門則個。（作敲門科）開門開門

（懶畫眉）生 夜深誰個扣柴扉。只得顛倒衣裳試覷渠。（開門看科）呀。元來是紫衣年少俊龐兒。戴星何事匆匆至。莫不是月下初回鄰果車。

【前腔】旦郎君何事太驚疑。【脫衣帽科】那里是紗帽籠頭着紫衣。【生云】呀。元來是個女子。【旦出紅拂科】我本是華堂執拂女孩兒。【生云】你緣何到此。【旦】憐君狀貌多奇異。願托終身效唱隨。

【前腔】生驟然驚見喜難持。百歲良緣頃刻時。奈門如海障重圍。君家閨閤非容易。怎出得羊腸免教駟馬追。

【前腔】旦楊公自是莽男兒怎會紅粉叢中拔異

阮云從容定計何以連夜潛逃舛甚舛甚

姿。奴今逸出未性追。我與你呵。正好從容定計他州去。一笑風前別故知。

（生）我有個故人劉文靖。乃是智謀之士。見今在太原。我明日與你扮做村中進香的夫婦。同往太原投他。再作區處。正是

籠裡籠前整羽衣。　誰知相見即相隨。

今宵又早逢甘雨。　來日他鄉遇故知。

第十一齣 隱賢依附

【杏花天】（末上）山深木落猿啼。走天涯雲隨馬飛。識不破終童棄繻。擲不開殷郎枯樹。

雖投定遠筆。未坐將軍樹。早知行路難。悔不理章句。我劉文靜千山萬水。得到太原。要投李公子。此間正是他私宅門首。不免喚聲有人麽。（丑應上）是誰。（末）是要見李公子的。（丑）待我通報。

真主之概逼人

生查子 小生上 乘醉斬蛇回。劒吐虹霓氣。何日掃秦灰。夢想風雲會。

丑禀科 小生 道有請。相見拜科 末 久慕英名。每勞夢寐。喜瞻奇表。誠慰下懷。小生 情篤神交。禮隆傾盖。義合倒屣。罪切摅牀。先生請坐。先生上姓何來。末 小生劉文靜從江南來。特謁公子。小生 久慕大名。幸得遠顧。必有教我。末 文靜知公子將有事于天下。待攀龍附鳳。

平淡

垂名竹帛耳。〔小生顧丑〕回避罷。先生渡江以來。延攬必多。如先生者。果有幾人。〔末〕小生不足數。渡江以來。只得一人。名曰李靖。眞奇才也。〔小生〕他人品何如。願聞其槩。

〔剔銀燈〕〔末〕他命世姿非凡志氣。王佐畧出人頭地。扁舟江上同時濟。兩情歡如魚得水。〔小生〕他如今徃那里去了。〔合〕如今尚無枝可棲。徃西京未知他怎的。

【前腔】（小生）我求賢嘗勞夢寐。況冰鑑如君無比。果然覓得英雄輩。共圖王掃清何慮。（合前）

【小生】先生不須回下處去了。就在此處罷。

（末）不識陽關路。新從定遠來。

（小生）何須負鼎俎。氣味已相投。

問津片晌便為先容鑒賞不在紅拂下

極得宵征之狀且極穠極緻

第十二齣　同調相憐

〔一江風〕生旦上　路迢迢。霜徑迷荒草。險似王陽道。近前村曙色將開。又聽金雞報。盤山渡板橋。盤山渡板橋。宵征不憚勞。〔旦云〕官人。我和你行了這一程。恰好前面是店家。正好梳洗了。穿林。早是人家到。

〔生〕此是靈右地方了。店主人有麼。〔丑應上〕門面多蕭洒。鋪陳色色新。廣招天下客。安歇四

自憐自語尤物移入

方人。是誰。〔生〕我們夫妻是還香愿的。來此買早飯喫。可先與我些湯水。〔丑〕有有。請坐着。〔丑下〕〔生〕你自梳頭。待我去喂馬來。〔生下〕

〔前腔〕〔旦作梳頭科〕翠雲撩。一半塵埋了。膏沐香猶繞。歛脩蛾不倩郎描。不貼花鈿小。不將脂粉調。不將脂粉調。村粧別樣嬌。還怕光輝易惹人情料。

〔哭相思〕〔外扮虬髯上〕走馬鬭雞拋夙好。衝風策

婦人之智遠超婦人之仁巧思

蹇咸陽道。

店主人。與我看了驢兒。待我歇息一回。起來喫飯。〔內應科〕〔外作看旦科〕

〔一江風〕那多嬌。窣地香雲繞。一室容光耀。〔生上〕怒科〔旦作搖手科〕〔向前見外云〕官人萬福。官人上姓。〔外〕我姓張。〔旦〕妾也姓張。合是兄妹。〔外〕背科意優閒。禮度從容。似得閨中教何緣到草茅。何緣到草茅。〔外云〕你丈夫在何處。〔旦〕此間

以下數段無一語酸氣曲亦整鍊

侯覽

就是。〔外〕試語良人道。〔旦〕招生相見科〔外〕足下上姓。〔生〕小生姓李名靖。〔外〕原來是李藥師。〔生〕足下上姓。〔外〕我姓張。名仲堅。〔生〕莫非是虬髯公否。〔外〕正是。〔合〕相逢何必曾相好。

〔外〕煮的是甚麽肉。〔生〕是羊肉。〔外〕我巳飢了。可取些酒與胡餅來喫。

〔梁州序〕〔生取酒送科〕衝風度夜。披星乘曉取酒烹羔自勞。何期相遇。片言契結同袍。〔外指旦云〕

不瞞便是豪傑

李郎貧士。何以致此異人。[生]我自向驪龍領
下。猛虎穴中。透得個機關巧。[外]看他也不似個
村庄里人。[生]他在侯門。花月隊鬭丰標。金屋
曾經貯阿嬌。[外問旦科]你緣何隨了李郎[旦]相
盻處。憐同調。鵲橋偷度諧歡好。今避地肯辭勞。
[外]你既不相瞞。可對我說。果是誰家女子。[旦]
妾本楊越公家侍兒。因見李郎眉宇不凡。願
托終身。故不以自薦爲醜。乘夜私奔。[生]小生

從江南到此。不想遇他。也是有緣千里能相會也。

前腔〔外指生科〕看你胸襟洒落。〔指旦科〕儀容窈窕。自合雙飛雙宿。姻緣分定。相逢千里非遥。多感你好逑君子。擇壻佳人。一見相傾倒。我看你每呵。好似秦樓。秉鳳去弄璚簫。那銅雀焉能鎖二喬。合 相盼處。憐同調。鵲橋偷度。偕歡好。今避地肯辭勞。

外 我也有些下酒之物。取出來下酒如何。生 甚好甚妙。外取出頭并心肝科 旦 此是何人張兄爲何斬取其首。

前腔 外 這是負心人。行短才喬。轉眼處把人嘲誚。更爛髹寸舌。易起波濤。果是腹中懷劍。笑裏藏刀。對面情難料。十年今始得肯相饒。斷首刳心絕獍梟。合 相邂逅。憐同調聊當下酒供談笑。君莫惜醉村醪。

【前腔】生 羨君家氣槩雄豪。少年塲如君絕少。更報讐雪耻。義比山高。旦 分明是置鉛擊筑。魚腹藏刀。狙擊沙中巧。生 太山輕一擲。等鴻毛。願結今生刎頸交。合 前

【外】李郎。如今投那里去。【生】將投太原去。【外】我聞望氣者道。太原有奇氣。你可曉得此處有異人否。【生】我只聞有一人。乃州將子李世民。其他皆將帥材耳張兄爲何垂問及此。

少年豪氣益之以小心則天下何事不可爲

【節節高】外 風塵睛四郊。奮英豪。斬蛇逐鹿誰能料。且是那太原呵。祥光繞。紫氣昭。分星耀。個中定有連城寶。青雲有路怕人先到。合 多曾塵埃有眞人須教物色知分曉。

【前腔】生 我聞得那李公子呵。矦門一俊髦。挺英標。龍韜豹畧曾探討。年方少。氣正豪。心猶小。招賢下士人爭道。芳名那更流傳早。合 前

【外】李郎。何以使我見他一面。【生】我有一友劉

文靜。與他交厚。明日到太原。便可尋他引見。

（外）既如此。李卽可在汾陽橋等我。

（尾聲）旦 奇蹤秘跡人難料。生 草草相逢訂久要。

外 明日汾陽會不遥。

客舍相逢意氣深。　來朝重會定佳音。

但願到時還得見。　須知勝似岳陽金。

打鼓弄琵琶相逢兩會家君行楊柳岸我

看浪淘沙

散宕可青

第十三齣　叩訪眞人

【雙勸酒】（淨）飄颻此身。燕齊秦晉。角巾布紳。資糧無甚。龍爭虎鬭正紛紛。是誰能早定乾坤。

自家徐洪客的便是。雲水到西京。得遇張兄與他周旋。情投意合。所謀之事。十就八九。不想近日太原王氣太盛。此中倘有眞主起手。我那張兄豈不可憂。他與我相約到此尋訪。我已先到。爲何還不見他來。

【西地錦】外 風色彫殘綠鬢絲鞭飄惹緇塵汾陽橋畔朝烟冷。誰當把下期人。

呀。道兄早已在此了。【淨】相候已久。路上來可曾得甚消息否。

【風入松】外 昨朝靈右暫棲身。向酒家瞥見佳人。

【淨】他是何處來的。【外】他是侯門侍女私投奔。

【淨】既如此。你說他怎的。【外】能鑑別追隨豪俊。

【淨】婦人家尚識豪俊你難道到不識他。【外】其

摹淨處問答甚精細

好漢識好漢一句便是俠士口談

時被我看他梳頭。要識他丈夫。誰想到被他看破。卽時與我結爲兄妹。就令他丈夫與我相見。對酒間與他盤桓數巡。傾蓋處便情親。

（淨）他丈夫姓甚名誰。何等樣人。（外云）他丈夫是李靖。（淨）我亦聞得此人。不知果是如何。

（前腔）（外）雙眸烱烱貫星辰。更談兵說劍如神。（淨）自古道好漢識好漢。你既見他如此。可曾問起太原的消息麽（外）他也道太原年少眞英俊。已約定同來詢問。我和你正要認李公子。恰好他的故人劉文靜。在李公子處。只等他來。去尋劉文靜。一面就見李公子。却不是好。待他來同尋故人。須一見好辯虛眞。

【前腔】生旦上 朝來霜色太侵人。早連鑣來到河濱。呀。張兄早已到此了。(外)路上辛苦。(生旦)驅馳道路何須問。(生)此間師父是何人。(外)是我的至友。即向日所言望氣者便是。(生)他形奇古非

借下寡婦人家是虬精密用心處

同凡品。如今好同去尋劉兄。只是賤累在此。無處可依。〔外〕我已借下寡婦人家。我同李郎送一妹。到他家暫住何如。〔旦〕既有下處。行李奴家自當照管。張兄師父自與我官人前去便了。〔生〕如此甚好。我如今同尋故人。待一見好辨虛真。

滿目悲生事　因人作遠遊。
西征問消息。　心折此淹留。

只小窓知曉四字已足曲寫思婦之情

第十四齣　樂昌懷伴

【霜天曉角】【貼扮樂昌上】小窓知曉。幽夢縈懷抱。天外音書難報。鏡中眉黛誰描。

【點絳唇】高梧蟬嘶。採菱歌斷秋風起。輕雲如髻。雲外山横翠。　簾捲西樓。過雨涼生袂。天如水。画闌十二。少個人同倚。奴家自陳亡後没入在此。喜得張美人爲伴。清談閑耍。少遣悶懷。不想他近日看上那李郎。悄自私奔去

了。女伴中只我與他最厚。如何此去。竟不通
我知道。如今獨坐無聊。好悶人也呵。
【綿搭絮】暗憐花貌。孤枕度良宵。曉起尋歡。女伴
潛踪轉寂寥。憶花朝拾翠相邀。何事戀着年少。
一旦輕抛。想是難挨春心。不耐冰絃月下挑。
【前腔】釵行分散。獨坐更無聊。似我鳳去臺空。枉
自傷心折大刀。想鸞交音問寥寥。只合藍橋水
斷。祅廟延燒。怎比得奔月姮娥。悵望天香雲外

飄。

我知道了。若還他此去。老爺差人追尋。自是由他。若不追尋。便知老爺不是輕賢重色之人。我的心事。就好對他實說了。正是

去住寧無意。　淹留強自親。
要知山下路。　且看過來人。

徐洪客何等躊躇何等心熱

第十五齣　棋決雌雄

【高陽臺引】（生上）遍地干戈。極天烽火。正羣雄競起時節。（外）事有關心。終宵魂夢顛越。（淨）無端滿眼狐疑事。漫勞人搔首難決。（合）向他行雌雄一見。片時分別。

【減字木蘭花】（生）連年奔走。咸陽雲樹空回首。（外）滿目風波。爭奈龍蛇未判何。（淨）成吳霸越。笑談自有壺中訣。（合）梁甫長吟。應是觀濤難稱心。說話中間。不覺又到李衙門首。想劉兄在此。不免尋問則個。〔作問科〕〔丑上應科〕是誰。〔生〕我是劉先生故人李靖。特來尋訪。〔丑報科〕

〔卜算子〕小生棋局正闌時。門外停車轍。末聞道相尋有故人。倒屣歡迎接。

〔作相見科〕〔生云〕劉兄別來無恙。〔末〕李兄。托庇粗安。此二位何人。〔生〕此道兄善相。故特與俱來尋兄。就謁見公子。〔淨〕適間公子與劉兄在此何幹。末在此奕棋。淨豈不聞陶侃有言。諸君國器。何以此爲。末奕雖小技。其義頗大。故支公以爲手談。王生謂之坐隱。班固造奕旨之論。馬融有圍棋之賦。費禕笑談而退魏敵。謝安賭墅而破秦軍。先生不棄。就與公子少試國手如何。淨這也願請教。只怕公子見笑。小生取棋過來。丑持棊上閒庭一任三時去。長日惟消一局棋。棋在此。淨小生作下棋科

起伏屢俱
峭雅

關目消題

【高陽臺】小生 黑白分行。從橫異道。須教四奇圍合。先着誰知。個中另有神訣。合 機設運奇點眼爭國手。看指尖誰強誰怯。奮玄籌。秉虛競勢。細求約截。

【前腔】末 征着。彎掌南麾。馳情北壘。分明霧捲星列。雲起龍飄。須臾勢貌分別。（淨作大吽科）這局全輸了。（起背唱科）支髮。茂弘局上却更急下塲頭。向誰分說。爲東君熱心一片。化爲冰雪。

悠然有味

【前腔】（外）摧折。侵地無方。攻城計屈。邅回轉覺難發。功墮垂成。怎能勾衝擊唐突。（生）休說。應危尋變無救路。古人有言。當斷不斷。還爲所謀。恐狐疑反爲擒滅。莫勞神漫營邊鄙。再求角活。

局上已見輸嬴。我每且告退。不日再來求見。

（小生）三君何所聞而來。何所見而去。（淨）聞所聞而來。見所見而去。

（小）眼前一局決雄雌。（末）世事紛紛似奕棋。

生　雪隱鷺鷥飛始見。
外　柳藏鸚鵡語方知。

垂首喪氣中自有一種英氣不可磨滅

第十六齣　俊傑知時

【出隊子】（淨上）瞥然一見。鳳表龍姿自出羣。雌雄勝負隱然分。十載經營枉用心。大抵功名是天定勝人。

【前腔】（外）魂搖心灰。一局殘棊了半生。空餘長劍氣淩雲。尺蠖神龍有屈伸。從此休誇謀事在人。

【前腔】（生）相逢如故。魚水相投契自深。蒼天不負濟時身。我與張君同尋劉兄。想金卯弓長之夢。

應在今日了。夢裡分明有鬼神。有日從龍順天應人。

外方纔別了李公子。不覺又到下處門首了。不免喚一妹開門。

【前腔】旦上孤婺相守寂、寂、雲林閉遠村。生開門開門。旦喚聲知是阮郎歸。欲問榮枯待入門。外淨嘆科旦覰着容顏便知淺深。

相見科旦此去所見如何。

實話

[紅衫兒]（生）他不衫不履。自是非常品。滿座風生。那更神清朗。果然是異人。（旦）既如此。你們何不就連袂相從。和他草莽中締盟。待風雲同濟昌時。不使青萍負愆。

[前腔]（外）眼前顛倒渾難定。愁憤交并黍熟勞薪。水分明為那人。（淨）誰知做駕海成橋枉勞工費心。我如今向世外逃名。有甚爭謀競勇。

（生）呀。道兄差矣。豈不聞見物不取。失之千里既遇明主。何必遠去。〔淨〕我本道家。偶然到此。今所志不就。豈能學范增王猛。坐視無成。況瓊臺瑶島。尚未荒蕪。李郎勉就功業。我就此別去也。〔外〕既如此。李郎與一妹先回。一到京中。可往武陵坊曲。尋板門小宅。須教我渾家與一妹相見。萬勿見却。我送道兄一程。即歸奉候。〔生旦〕我每就此拜別。〔作拜科〕

生 君今東去我西征。

旦 客裡囊空乏餞行。

淨 正是將軍不下馬。外 果然各自奔前程。

生旦下 外 道兄。你如今別我往那里去。淨 事到其間。不得不說了。我一向與你相從。指望共成大業。我自向海中尋個退步。誰想連你的事也不成了。如今只得把我的退步。讓與你做個進步罷。外 道兄。你果是有心人。只不知你所說是何處。淨 海中有一國。名曰扶餘。其主昏亂。民心久離。我一向留意在此。故其山川上俗。訪問頗悉。我別你後。先投那邊去。
覓得個機會。倘或你來。好做內應。你若肯下
氣從那李公子。也自由你。外我與你相從幾
年。你豈不識我。大丈夫寧爲雞口。毋爲牛後。
你先到海上。我隨後便來也。乘機取便到那
里再作理會。淨張凡。若如此。雖無大成。亦有
小就。
【醉太平】外追省勞形弊跡。嘆蠶絲燕壘。多少經

畢竟不能割捨

營似求仙煉藥。空教人指望丹成。難平。不如子
晉學吹笙。九天遥已知捷徑。低頭自忖。一腔豪
氣塞滿乾坤。
【前腔】淨 閒評。人謀天命。看茫茫宇宙得失難憑。
尋谿問徑。那知道進退無成。須聽。桃源還自有
通津。向漁郎好生尋問。【外作墮淚科】【淨】漫縈方
寸。無端故作楚囚悲憤。
道兄請回罷。【外】作如此遠別。豈恐分手。必須

再送一程。

淨　十載心期一黯然。　那堪悽愴別江潭。

外　不如意事常八九。　可與人言無二三。

各露英雄本色

難道無故而去

第十七齣　物色　陳姻

【番卜算】外　堤上柳含春。庭際花明夜。嬌鶯飛去向誰家。無奈輕拋捨。

春心忽憶章臺柳。舊日青青今在否。縱使長條依舊垂。也應攀折他人手。自從李靖忝見我後。我那張美人。無故而去。我想此女。識見不凡。志氣頗遠。多是看上他才調。私奔他去了。我要追他。亦有何難。只是人道我輕賢重

若此則不成
紅拂記了

色。不近人情。故此放他去了。我早知如此。悔不把這妮子贈與李靖。也得他些氣力。如今連李靖也去了。豈不可惜今日閒居無事。不免喚陳美人出來。試問他亡陳故事。多少是好。女使每。與我喚陳美人出來。

【西地錦】貼 舞鏡鸞衾翠減。啼珠鳳蠟紅斜。重門不鎖相思夢。隨人飛繞天涯。

老爺喚出奴家。有何使令。外 今日閒居無事。

你試把兵入石頭城事。細説一番。與我聽着

獅子序 貼 聽説罷淚似麻。望江南天各一涯。自兵連禍結社稷丘墟。外 你哥哥爲何就至敗亡。

貼 若提起亡家國緣故。祇教人羞結綺痛臨春嗟埋先心傷桃渡斷腸聲。隔江惟聽玉樹商歌。

外 當初夫妻完聚的風景。可想得起麽。

東甌令 貼 我巢金屋。他住錦窠。只道地久天長無坎坷爭言天塹難飛渡。全憑地險闗逾固。那

可作半鏡一絕

些個山似洛陽多。平地起風波。

外你如今還想丈夫也不想。貼若他人問奴家尚好掩飾。老爺問時。豈敢隱瞞。

賞宮花你跟前怎假。我如何不念他。痛惜分連理。應自嘆蒹葭。一入侯門深似海。至今顧影愧菱花。

外我常時見你懷着半面破鏡。我也不曾問你。如今你自言自語。又說個顧影愧菱花。莫不這個破鏡。是你丈夫與你的。（貼）奴家有事在心。一向畏懼老爺。不敢明言。近來每見老爺義士之度。仁人之心。我這一腔春恨。就對老爺說。想也不妨。（外）你實對我說。不要疑心。

【降黃龍】（貼）堪嗟。自那日波查匆別。蒼茫可憐割捨。那時以分鏡爲記。指望債緣未斷。尚有相見之日。因此包羞忍耻。任漁陽羯鼓三撾。（外）如今你丈夫在那里。（貼）兵亂之後。奴家一身尚不能顧。豈知他的存亾。【外】你旣不知他存亾。
又想他怎庅。【貼】休討。没奈何消遣。料他每萍
歸大海難摸。【外】你還指望那鏡兒重合庅。【貼】奴
聞破鏡難重照。落花不上枝。那些個破鏡重
圓。落花再發。
【外】你旣知道完聚不成。何不把那破鏡撇下
了罷。
【大聖樂】貼想當時鳳協鸞和。不料如今成話靶。

寫樂昌語氣甚委曲亦甚悽惋

縱不能拼夠成名。也怎忍教便拋捨。（外）你如今莫不怨着我么。（貼）須知道紅顏自古多薄命。只落得莫怨東風當自嗟。（哭科）重提猛省。怎禁那梧桐夜雨。和淚珠飄灑。

（外）你既不忘丈夫。也是你的好處。你只把當初相約事情。細說與我。我好差人尋他來。與你相會一面。（貼）多感老爺。只怕無此理。（外）我一言既出。豈肯改易。你但實說。（貼）奴家當初與他相約。國亡之後。必沒入侯家。卽使人將此破鏡在街坊市賣。他便好來相尋。奴家一向奉老爺法度。不敢私賣此鏡。今日老爺問起。不得不說了。(外)旣如此。可將鏡與我。你自進去。我有理會。

貼　整日悲籠鳥。　終宵嘆檻猿。

外　要知心腹事。　但聽口中言。貼下

(外)院子何在。可與我喚個能幹的老蒼頭出

來。〔院子上喚科〕〔丑上〕堂上聞呼喚。堦前聽使
令。稟老爺有何分付〔外〕你與我將這半面破
鏡。到街上去賣。若有買的人。你須問他。討那
半面來配。若湊得着時。你便好好與他同來。
你說到府中來。自有好處。又不要放了他。又
不要驚了他。〔丑〕這破鏡有誰要他。若將去做
交易。只怕這買賣不照。〔外〕這厮你那曉得。你
只去賣。自有緣故。〔丑〕如此小人就去。

外 世間寶鏡辨雄雌。丑 就去尋踪不敢遲。
合 莫道斷絃無續處。須教月缺有圓時。

意調慷慨點綴亦自悚與

紅拂記卷三

第十八齣　擲家圖國

【謁金門】（生同旦上）（生）情脉脉。回首晉陽天碧。烟樹幾家渾未識。小門何處覓。（旦）弱體朝行無力。不耐冰霜經歷。（合）京國風烟如往昔。幽尋應咫尺。

（生云）馬蹄歸處踏神京。（旦云）纔過長亭又短亭。（合）正是小橋松逕窄。須知山遠路難憑。（旦）

豈至此方同行

只幽雅與奇麗處然正不必奇麗

云 官人。看看與你私出西京。不道今日又同到此。司空既不追尋。我今日就與同行。也不妨了。

【沉醉東風】生 想當初同出帝畿。正慌忙向他鄉逃避。你那司空不見你我呵。只道我似司馬相如。道我似司馬相如。把文君竊去。應猜做琴臺風致。合 爲郎才女姿。非是雲邀雨期。這情踪傍人怎知。

【前腔】旦自那日把新粧改易，悄出門偷從君子，司空不見了我呵。只道、我、似、賈、女、私、窺，道、我、似、賈、女、私、窺、忍、捐、恩、負、主、應、猜、做、偷、香、情、緒。【合前】

【生】説話中間，不覺到武陵坊了。你看那曲巷短墻，板門小宅，多分是張兄家裏，不免試問一聲。【作問科】【丑上應】可是李郎一娘子麽？【生】你爲何知道我來？【丑】我主人差我在此相待良久。二位請進來，少待通報。【丑下】【旦看科】如

此一段頗有酸氣

何外面小門裏面到有如此好房子。〔生〕張兄舉止異常。他潛踪于此。必有緣故。

〔生查子〕〔外貼扮虬髯夫婦上〕深樹隱門閭。正是談心處。門外有嘉賓。歛袂歡迎入。

〔外〕李郎一妹。爲何來遲。〔生旦〕因路逕不熟。尋問而來。故此到遲。〔生旦外貼合拜科〕

〔園林好〕〔生〕乍相逢歡同故知。許相邀不失故期。深自愧貧身無計。空兩手造華居。乞執贄效芹私。

【江兒水】（外）一片男兒氣。相投似有期。相逢肯使空歸去。我這些少家財。都讓與你。願持予之贈以佐明主。你看這蘭堂桂室堪居住。耕奴織婢堪驅使。【丑末持箱上】【外】資釜千箱完具盡付君家。好佐那人行事。

【生】小生受之無名。斷然不敢。

【五供養】【旦對生科】我和你驟然來至。他便傾家

解人

穩住了脚解
極解極

都付與伊。中間應有意。何必苦推辭。（旦轉身對（外科）張兄。你何不同事。使嫂嫂與我同居共處。謀王同力助。定霸兩心齊。談笑功名。斷金之利。

（玉交枝）（貼對旦科）勞卿勸取。他素心我也未知。如今知事應難濟。方纔說與我端的。他擒兎月中謀已弛。怕從龍人下心難必。又未知他改圖。甚的。這其間也隨他意兒。

【川撥棹】【外揩貼科】休聒絮李郎一妹我明言須記取。如今向海角天涯。如今向海角天涯。十年間須當建立。定因風寄與伊。定因風寄與伊。李郎。我一一交付與你。我夫婦止帶一奴隨行。就此拜別出門了。【生旦】兄嫂何忍就去。

【尾聲】外貼行踪已決留難住。生旦何事別離容易。合地北天南。教人起夢思。

外贈君居宅與金資。

貼要建功名好及時。

生　忽漫相逢又成別。

旦　只今回首是天涯。

千古妙人

第十九齣　破鏡重符

【金蕉葉】小生扮徐德言上千思萬思。我渾家知他怎的。打不破愁城恨圍。磨不了山盟海誓。

【青衫濕】南朝千古傷心地。還唱後庭花。舊時王謝。堂前燕子。飛入人家。　夢中空遇。仙姿瑩雪。宫髻堆鴉。不知遊子。貂裘敝盡。流落天涯。自家乃前朝附馬徐德言便是。自故國喪亂。與公主分別。約以元宵賣鏡爲記。希圖後

悽然

苦調商音淒清欲絕

此句關目甚好得此曲中便有無限波瀾

會今日及期出來問個消息又遇這般大雪

正是憐卿謾道爲卿苦　愛他風雪耐他寒

【山坡羊】白茫茫六花飛墜亂紛紛如風飛絮我虛飄飄浮踪似伊雪花我既相似你也合相憐我如何偏打在我面上來你看冷颼颼撲面無情緒我那公主我展轉思此情訴與誰近來聞得他沒入在楊越公府中了他侯門一入深無底陌路蕭郎一絲空繫緘書關河鴻雁稀

富意奇吟

魂迷陽臺雲雨疑

〔丑上云〕賣鏡賣鏡。受人之托。必當終人之事。老爺差我出來賣此破鏡。中間必有緣故。前面有人。不免再叫幾聲。賣鏡賣鏡。〔小生向前問科〕老人家。你的鏡兒值得幾文。不等個晴暖天色出來。却在這風雪中賣他。〔丑〕秀才。你那里知道。我這鏡非同小可。一向無人識他。恐怕埋沒了這段淸光。因此不辭風雪。爲他

一聲一句悲
絕婉絕

求個售主。〔小生〕你借與我看看。〔丑〕遞鏡〔小生〕看哭科

〔前腔〕眼睜睜瓊簪敲碎。苦哀哀銀瓶剛墜。痛煞煞當時鏡分。哭啼啼各自湮紅淚。老人家我且問你。這鏡兒誰將付與伊。〔丑〕你要買就買。不是來歷不明的。〔小生〕分明說與咱詳細。〔丑〕這等看起來。你敢有一半對得着我的麼。〔小生〕出鏡科這鏡在懷中。那人兒何處。〔丑〕我實對

你謊罷。這鏡在楊越公府中出來的。你只隨我去。自有好處。【小生】多謝你。只是越公府中不是耍處。我如何敢進去。【丑】你只隨我去。管取不妨。【小生】我待相隨。還愁惹是非。待不隨。如何得信息。

【丑】來至此間。是府前了。你只住在此。我與你打個消息來回你。眼望旌捷旗。耳聽好消息。【下】

前腔（小生）急忙忙隨他來至。他慌張張將咱留住。戰兢兢未知夾生。眼巴巴怎望得他來至。我不道這兩半面鏡兒。也有湊着的時節。這鏡兒還有會合時。我如今空手沒巴臂。半日倉皇。天。憔悴。鏡子。我若照你時。呵。須知羞看鬢有絲。他若照你時。呵。須知羞看減玉肌。此間官府往來。怕有認得我的。不當穩便。不免在耳房內少避一回。待他回報。

鏡與人俱去。
無復姮娥影。

鏡歸人未歸。
空留明月輝。

第二十齣 楊公完偶

【繞地遊】【外扮楊素貼扮樂昌上】【外】終朝凝望。爲爾添惆悵。待人回必知的當。【貼】眠思夢想。觸目成悽愴。知他每有誰依仗。

【丑上】踏破鐵鞋無覓處。得來全不費工夫。老爺磕頭。【外】你回來了。鏡兒可有人買麼。【丑】稟老爺。小人正在街上市賣。偶遇個秀才聞説賣鏡。就討去看。一見了就哭將起來。小人問他端的。他身邊果有半面。湊來不差。如今小人賺得他來在府門首了。（外）莫不他去了。（丑）他的半面鏡子被小人拿來了。他一定不去。（外）接鏡與貼看貼作悲科是了。奴家也知道他一定不去。（外）你如何就知他不去。（貼）他既知奴家在此。要圖一面。縱令萬死。豈肯廻避。（外）既在門首。可喚進來。（貼）他原是文士。望老爺禮貌他些。（丑）秀才有請。

【金瓏璁】（小生）偷身尋、去向窺人不敢聲揚。聞召命。
轉徬徨。
路當險處難迴避、事到頭來不自由。（丑）老爺
在此。過來相見。（小生拜科）（外作扶起回指貼
科）此是何人。你可認得他麼。（小生貼各背哭
科）（外）取酒過來。你二人都坐了。（小生）司空在
上。豈敢坐。（外）你雖亡國勳戚。乃是江左名士。
但坐何妨。（小生貼坐外把盞遞小生小生貼科）徐

生你一向斷鴈孤鴻可曾尋偶否。

【二郎神】小生漫悒怏嘆一雁西飛路渺茫。正鎩羽垂頭無倚仗淚書空咄咄迤逗柔腸。那里有心情來妄想。【外】你如此青年怎禁受得這般冷落。

【小生】任冷落梅花孤帳。【背科】空相望似隔河牛女對面參商。

【前腔】貼堪傷秦樓鳳去簫聲絕響。把花草吳宮成夢想。【外】你們初諧伉儷記得年幾多少。【貼】記盈盈十五粧成娟嫁。王昌嘆回首珠簾塵結網。把伉儷一時撇漾。（背科）空相望。似隔河牛女對面參商。

（囀林鶯）外看他垂垂偷墮淚兩行。使人驀地心傷。他經年寂寞芙蓉帳。分明我拆散鸞凰。把他青春虛曠埋沒了畫眉張敞。漫思量。忍見這低頭輾轉迴腸。

（前腔）（小生背科）聽他言辭多慨慷。想他不甚隄

防。只是檻猿籠鳥難親傍。料別來消減容光。愁心勞攘。怕眼下風波飜掌。背指貼科合前

外指貼科你平日長於詩賦。何不把眼前的事情賦成一詩。誦與我聽。

啄木鸝貼聞嚴教。自忖量。背哭科侍尊前。強把愁顏放。若教人棄舊憐新。怎下得義負恩忘。盈盈淚閣秋波泱。重重恨鎖春山上。論兒郎。羅敷空有漫效野鴛鴦。

真是做人難

菩薩心腸豪傑作用

稟老爺詩成了。〔外〕誦與我聽〔貼〕誦詩 令日何遷次新官與舊官笑啼俱不敢方信做人難。

〔外〕好詩好詩聞之使人酸鼻。

〔前腔〕外新詩句倍慘傷想啼笑俱難非是誑算咱每風月襟懷肯教人雲雨分張你當初鏡破鸞孤往昔令朝重合粧臺上謝伊郎使君有嬌肯效野鴛鴦。

徐生你聽我說我終不然戀他的姿色斷你

的恩情。我如今把你的渾家。依舊配還你。只是你作客十年如張儉。想家徒四壁類相如。我就將陳公主的粧奩。爲徐舍人的行李。你也不消推辭。【小生】小生亡國之士。墮落泥中。相公時雨之恩。出於望外。本當執御以侍晏嬰。非敢汎舟而希范蠡。只是漂流已久。豈無風木之思。伉儷重諧。方有室家之戀。今欲暫歸祭掃。後當圖效涓埃。不知相公肯見許否。

俗氣

（外）我賓主當有相留之情。你夫婦已决同歸之志。固應聽允。何必強從。我分外有白金二錠。關文一通。與你前去。（貼）奴家既蒙不殺之恩。又荷重諧之賜。啣環無地。結草何年。（小生）我們就此拜別前去。

（黃鶯兒）小生幾載歷冰霜。喜春回連理芳。債緣勾却三生帳。新愁頓忘。舊約頓償。一朝提挈青雲上。（同貼禱告天科）告蒼蒼。願他籌添海屋。福祉似川長。

前腔 貼 公相度汪洋。續冰絃賴主張。粧樓打疊秋波望。鏡重圓轉光。花重發轉香。這般恩德如天樣。同禱科 合前

外 近日打報子來。盜賊生發。你夫婦回去。路上須要仔細。小生貼拜辭科 多謝相公。

外 全恩割愛許相親。貼 破鏡重圓謝主人。

小 惟有感恩并積恨 萬年千載不成塵

第二十一齣 髯客海歸

（外同貼上）枉自勞心十載餘。功名到手却成虛。如今且作任公子。青海灘頭學釣魚。自家一天好事。漸漸成來。不道太原有一眞主。難與爭衡。娘子。豈不聞古人有言。識時務者在乎俊傑。我如今把這些行徑。都付與李郎。成就得他也不枉了我這一片心了。我和你與他分別。不覺又行了數程。你看好風景也呵。

少日從廢簏中見有虬髯報雠出海北劇大都元人所作與此相類伯起所配南調可稱骨肉僔句所敘負心人名曰金次良書以備攷

好悶人也呵。

【北新水令】一鞭殘角斗橫斜。猛回頭壯心猶熱。帝星明復隱。王氣見還滅。謾自評騭。打疊起經綸手。霸王業。

【南步步嬌】（貼）逶迤山徑迷黃葉。雁外流霜月。迢迢去路賒。地北天南。夢魂難越。無端車馬嘆馳驅。從征又與家鄉別。

【北折桂令】（外）坐談間早辨龍蛇。把袖裡乾坤做

北無狠〻之音
南無靡〻之調
可稱雙絕

夢裡蝴蝶。狠的人海沸山裂。不禁支髮。空跌雙靴。祇因爲自認做豐沛豪傑。因此上小覷了韓彭功烈。我想起那李公子呵。所事撐達。與他爭甚厷鳳食鸞棲。我自向碧梧中別尋支節。

【南江兒水】貼 搖落長途裡。西風分外冽。秦娥夢斷秦樓月。樂遊原上清秋節。咸陽古道音塵絕。柳色年年傷別。西望長安。那裏是雲中宮闕。

【北雁兒落帶德勝令】外 空打熬的計團圞把我

機關設。空磨籠的事完成。把我心腸竭。我當初的意兒。好不狠也。誰知道遇敵刦。把利名韁收不迭。怎肯造赤眉業。怎肯蹈烏江轍。（貼）勝負兵家不可期。你爲何就要丟手。（外）休說早覷了上場頭。一盤兒拆與滅。咱若是不識時幾送了也。

【南僥僥令】貼 裙釵應有恨。豪傑漫咨嗟。俺大江山都拋捨。又何必絮叨叨多話說。

如怨如慕如泣如訴此處真有英雄無用武之嘆

【北收江南】外呀。到頭來未免受顛蹶。筭不如早明決。早知拿雲握霧手。嘆摧折。待學東陵種瓜。却教人垂頭無語自悲咽。

【南園林好】貼車盤桓雙輪似遮。馬屯邅雕鞍汚沙。成都市空勞占卦。愁心緒。亂如麻堆鴉鬢。點霜華。

【北沽美酒帶太平令】外行過處鬼門涉。巴前路九嶷遮。你看大海將近了來也。隱隱波濤似捲

悲歌浩嘆英雄本色

壯

結句用禪家話頭非髯公夫婦本色

雪。望洋心空切。我想起這大海。知道他磨過了多少英雄也呵。變桑田幾多歲月。祖龍橋舊基磨滅。可惜這片無窮的大水也。淘不淨我心性薄劣。洗不清我面皮紅熱。傷嗟痛嗟。若不自寧貼。呀。那紛爭幾時休歇。

【南尾聲】貼 層層蜃市成宮闕。仔細看來都幻也。空使心機催鬢雪。

外 十年俠劍漫勞神。貼 千里風烟自苦辛。

合

画虎未成君莫笑。　安排牙爪始驚人。

尤物殢人

第二十二齣 教婿覓封

【一枝花】生 千金輸一諾。傾蓋成知己。別後望雲山。幾千里。回雁峰高。那得音書至。旦 闌干閒徙倚。怕。花。發。新。枝。笑。我。玉。貌。把。人。留。住。

【南鄉子】生 惜別獨驚魂。小院沉沉晝掩門。事業蹉跎空嘆息。難言。一縷春絲絆客轅。旦 何事繫心猿。時不重來仔細論。唾手封侯非遠別。飛騫。莫學材家底樣恩。官人。你終日安居

在此功名一事再不掛懷是何道理（生）小生
豈無進取之心只是放你不下（旦）呀官人差
了你讀盡詩書豈不聞懷嬴勸晉公子之事
乎你既有如此才藝又遇這般時節況且張
兄所贈貲財足充館穀豈可坐以待老
【桂枝香】你看四方鼎沸羣雄蜂起若還不出展
經綸恐怕你置身無地況有張兄呵把家財贈
伊家財贈伊資身有具何須縈繫漫遲疑試看

高華

龍虎紛爭日。豈是鴛鴦穩睡時。

【前腔】生 平生意氣。須教遭際終不然爲枳棘鸞棲。肯悞却雲霄鵬翅。古人有言良臣擇主而事。好鳥擇木而棲。况那李公子呵。是英雄可依。英雄可依。奇勳可致。不免暫時抛棄肯遲疑。從今大笑出門去。不斬秦關誓不歸。

娘子。你與我收拾行李起來。卜一吉日。就別你前去。【旦】官人。豈不聞不疑何卜。行李已完

曲自佳第稍拾漢卿唾餘耳

備了。我今日就送你登程。【生】也説得是。我就此拜別罷。【旦】我還要送你一程。有幾句話兒要叮嚀你。

【長拍】旦 滚滚征塵。滚滚征塵。重重離思迢迢的去程無際。【生】娘子。你有甚言語叮囑我。【旦】我欲言還止。轉教人心折。臨岐無柰。燕西飛。更生憎影。煢煢伯勞東去。只怕蕭條虛繡戶。禁不得門掩梨花夜雨時。縱不然化做了望夫石。也難免春來瘦了腰肢。

【短拍】生 淚染氷綃。淚染氷綃。愁濃綠蟻。爲功名難免別離。自笑處囊錐。解不開這些愁緒。怎理得亂繩千縷。早圖個分茅列土。趲歸路。促高車。

【尾聲】修書須把平安寄。旦 織得迴文付與誰。只索夢趂飛花逐馬蹄。

旦 郎今別去路漫漫。四句俗 生 千里雲山阻笑歡。

合 東去伯勞西去燕。馬行十步九回看。

第二十三齣　奸宄覬覦

【北點絳脣】（淨扮薛仁杲上）世業秦興。兵鋒楚勁。邊豪猛奮起金城。頃刻崤函定。

自家薛仁杲的便是。我足追駿馬。力敵萬人。自我舉兵以來。不知擒獲了多少人。被我斷舌劓鼻。埋足搥背。也不知殺害了多少人。我一向頗有窺西京之意。叵耐楊素那老兒威名甚重。智勇兼全。故此掩甲休兵。未遂所願。

近日聞得楊素已死。正是我得志之秋。不免出號申令。稱兵前去。將官宗羅睺等何在。（衆）應上先鋒衣染血。騎突劍吹毛。路失羊腸險。雲横雉尾高。覆元帥有何使令。（淨）我即日要起兵入咸陽去。你衆將毋聽我道。

【清江引】邊庭豪傑推雄猛。恣殺掠人奔命。怒發震雷霆。志决圖吞併。（合）長驅直入咸陽境。

【前腔】（衆）長戈銃戟誰能競。聽吾主申軍令。發號

疾如風。賞罰明於鏡。合前

赤土流星劍。烏號明月弓。

朔風吹塞北。殺氣滿秦中。

第二十四齣 明良遭際

神仗兒〔外扮唐王同公子文靜領兵上〕揚旗耀幟，揚旗耀幟，揮干整羽，喜先發難制，汾晉俱來從義。平燕趙，定梁齊，城幽冀，下青徐。

滴溜子〔生上〕忙奔走，忙奔走，山馳水驅，空驚眼，空驚眼。塞雲關樹，望塵頭漫漫無際。想唐王舉義師，如雲如雨，且候牙門，向前拜趨。

〔外小生末升帳生進見科〕〔外〕你是何方人氏，

有何技能。到此投軍。〔生〕李靖是京兆三原人。少年隨侍母舅韓擒虎。頗習兵法。聞明公起義兵。願隨書記之列。〔小生〕孩兒前年曾識此人。可留大用。〔外〕你既曉兵法。我卽日要發兵安輯蕭銑。你意見如何。〔生〕靖聞用兵如治病。急則治其標。今鄭世洛聚兵數萬。屯於金州。討之不克。倘擊蕭銑。急則與世洛連兵。愈爲難下。今日之計。只合移兵先平世洛。則脣亡

精切淒楚幾
碎英雄膽

齒寒。蕭銑不攻自破矣（外怒科）我兵已發。誰敢阻當。你敢是與蕭銑作說客。軍令扇惑軍心者斬。左右綁去斬了。（衆綁生小生末同救止科）

（祀英臺）生把風塵經歷盡。暗處歎投珠。早知如此。悔不拋擲楚弓。棄置吳鈎。門外學吹齊竽。到如今呵。須臾聽不得鶴唳華亭。又早狗烹錡釜。恨他鄉這骸骨。倩誰收取。

【前腔】小生 須知。遠方來仗策追隨。恐使命先徂。遇事敢言。料敵輸謀。多是應變隨機。【生】明公欲定天下。柰何殺壯士。【末】休棄。建奇勳須仗雄材。豈可把片言輕試。願明公把使過與使功相濟。【外】既如此説。且放他起來。就留在二公子帳下聽用。

生 可憐仗劍走風塵。　末 帳下幾乎喪此身。

小 得放（一句不雅）手時須放手。　外 得饒人處且饒人。

第二十五齣 蒐避兵燹

【水底魚兒】（淨領衆上）十萬貔貅。旌旗射斗牛。功名到手。席捲向神州。軍士們。你看所向無前勢如破竹。且喜秦州巳定。如今分兵經畧扶風風去。功名到手。席捲向神州。下

【前腔】（丑貼扮妓女上）垢面蓬頭。閑花滿地愁。不堪回首。烟霧障紅樓。平生枕席有情。今日刀鎗沒趣。若遇了這夥殺人的軍兵。不輸似那般

是兒女輩情語不是紅拂語氣

使水的子弟。你聽金鼓之聲近來。不免快走迴避。不堪回首烟霧障紅樓。

縷縷金 旦 玉筯落翠蛾愁。出門思避難欲誰投。無奈弓鞋窄。行行落後。悔教夫壻覓封侯。孤身怎奔走。奴家自別良人。且喜安居無事。不想薛仁杲作亂。打破京城。人民奔散。只得毀粧。混在衆人之內。奔出鄉去。再作道理。悔教夫壻覓封侯。孤身怎奔走。

【水底魚兒】【淨領衆上】破邑屠州。長河變血流星馳雲驟。鬼哭與神愁軍士們。已到扶風了。可打點攻城。凡遇男子精壯的。便用他從軍。老弱的。竟自殺了。凡女子美貌少年的。送到我帳下來。老弱醜的也竟殺了。【衆應】星馳雲驟。鬼哭與神愁。下

【前腔】【小淨末扮僧道上】寺觀清幽。柰強梁作寇讐。神通佛咒。到此一齊休。可柰這般兵勢。趕得

慘然

實難存濟。別人不見老婆。偏我們沒了徒弟。呀好了。你看前面兩個婦人。只得拿來出氣。姐姐。我和你同伴兒走。【僧道妓打笑諢科】神通佛兒。到此一齊休。下

【縷縷金】旦 心驚恐。淚交流。岐路從誰問半含羞。恐被朱顏。悞遭他毒手。水流花落鳥聲愁咸陽怎回首。奴家奔走這一程。且喜金鼓之聲漸漸遠了。只是途路難行。不知往那里去好。只得

向樹林叢中尋個小路。慢慢行去。水流花落
鳥聲愁。咸陽怎回首。下

鶯黃荆公詩：弄日鶯黃裊裊垂

第二十六齣　奇逢舊侶

【鵲仙橋】（小生）桐音重協。蕙幃還共。轉覺那人恩重。（貼）青鸞飛入合歡宮。想往事恍如春夢。

【青平樂】（小生）春風依舊。着意隋堤柳。搓得鵞兒黃欲就。天氣清明時候。（貼）去年繡戶朱門。今宵雨魄雲魂。追憶相思況味。不知幾個黃昏。官人。我和你今日再得完聚。雖則荒村茅舍。可不勝似琦樓玉宇。（小生）似我衝寒冒雪。

敘六娘清可愛

訪問消息的時節。誰想有今日。

解三醒 小生 想那日瑟調琴弄。嘆中途付與東風。只道今生已作鴛鴦塚。誰承望再睹乘龍。幾回賸把銀釭照猶恐相逢似夢中。合 恩山重把斷絃再續勝似鸞封。

前腔 貼 恨當時強移恩寵。爲相思淚染鵑紅。只道高唐永隔行雲夢。誰知道重上巫峰。延津寶劍看重會。合 浦明珠喜再逢。合前

句俊

〔不是路〕旦上避難匆匆。改換衣粧毀玉容。心驚恐。未知何處可潛踪。來到這村中。看一灣流水三山拱。五柳當門半畝宮。看這宅院。且是清幽。不免扣門則個。開門開門。〔小生應科〕是誰。〔旦〕相借重。到門不敢來題鳳。莫嫌驚動。莫嫌驚動。〔小生〕是婦人聲音。娘子。你可出去開門。〔貼〕是如此。〔開門作驚見科〕呀。好似張美人。〔旦〕呀。陳美人何故在此。

以真情相告妾無藏頭蓋尾意是大俠

【前腔】貼 勞想仙踪。似一片花飛故苑空。今匆冗。緣何飄泊到簾櫳。【旦】我自那日見了李郎。看他是個豪傑。要去從他。又恐泄漏。因此上不曾告別姐姐。竟相從。他出門投主無人共。誰料咸陽起賊烽。心洶洶。不期到此叨陪奉。莫嫌驚動。莫嫌驚動。

【貼】姐姐。我丈夫也在此。請裏面相見。官人。元來是舊日結義姊妹張美人。【小生見科】【旦】不

別鶴陶淵明詩上絃驚別鶴下絃操孤鸞

無限餘波

知徐官人。緣何得與我姐姐重合。

〔太師引〕小生嘆漂蓬。匣鏡塵埃重。似孤猿別鶴和斷鴻。恨劍擁玉人西去。漫尋消問息難通。不道因買鏡之故。得見司空。那時被我渾家。將新詩五言來打動。因此上放出雕籠。〔旦〕緣何來到這裏。〔小生〕我怕聽得景陽曉鐘。故尋個深山幽處絕踪。

〔小生〕每常聞得我渾家。道張姨工容賢德。說已從李郎去了。不知緣何也到此。

【前腔】旦 霎時相見諧鸞鳳。向荒村與俠士偶逢。

【小生】那俠士是誰【旦】那俠士姓張。名仲堅。他

呵。憐取相如四壁。把家貲罄竭相供。我李郎

因此上懷金仗策圖建立。我孤身自守房櫳。

誰知道強賊恣兇。滿京城家逃戶走難容。

【前腔】貼 你倉忙避寇誰趨捧。況烽烟隔絕故宮。

你若是尋夫遠道。怎禁得宿水餐風。當時既叨

同画閣。又何妨茅宇相共。終不然教你西我東。
今日須暫畱魚乘從容。
姐姐倘以良人在此。不便起居。便當分爲兩
院。奴家親自陪侍。未審尊意何如。〔旦〕多謝姐
姐厚意。只是奴家也有一言要對姐姐說。〔貼〕
有何見諭。〔生〕你徐官人才貌兩全。況聲名素
著。當此立功之秋。若不出去圖些事業。可不
枉了這般人品。〔小生〕張姨之言。極是有理。只

是我渾家久別方救。又無女伴陪他。故此遲疑。今得張姨在此同住。小生便出去尋些功名。心上也放得下了。（旦）徐官人既肯納愚言。奴家丈夫見在唐王府中。倘若起兵。他必爲將。奴家修書與徐官人去。他那里必有用你處。不知意下如何。（小生）如此甚好。只怕軍門嚴急。如何遞得書信。（旦出拂科）奴家有計在此了。奴家相從丈夫之時。曾扮爲男子模樣。

此拂今當到德言
衛公見之應驗然

相見時。他正驚疑。出此紅拂。方知我是楊司空家侍女。如今卽將此拂與徐官人帶去。到那里覷個機會。與他看時。必有分曉。〔付拂科〕

〔小生〕謹領。

〔三學士〕旦 看你才華真出衆。更兼眉宇豐隆。若還不展鵾鵬翅。可不負了生平錦繡胸。合 但願功成金印重。天山定。早掛弓。

〔前腔〕小生 數載飄零似轉蓬。爲恩情多少磨礱。今

朝暫捨吹簫侶。來日還圖夾日功。合前

前腔　貼　亂後分離喜再逢。把歡踪又作離踪。只怕你蹉跎歲月征鞍上。我消歇容華破鏡中。合前

小　蘼蕪綠處是殘春。草色如烟拂馬塵。

旦　惟有西河堤畔柳。貼　安排青眼送行人。

第二十七齣 奉征高麗

【似娘兒】（生領衆軍士上）二卯棄干城。救張蒼。幸藉王陵。自誇才畧誰應並。看奇謀六出。戰功百勝。還須萬里專征。

（使事渾成）

我自從獻策。觸犯軍令。幾至殺身。幸得恩主與故人救取。此後屢立戰功。官拜行臺兵部尚書。早間主上召我議事。問我分合爲變。奇正安在我。答曰。善用兵者。無不正。無不奇。使敵莫測。故正亦勝。奇亦勝。三軍之士。止知其勝。莫知其所以勝。非變而能通。何以至此。主上大悅。稱善。因問我討高麗一節。我請以五萬師往擒之少間待劉兄來議此事。必有端的。

【步蟾宮】（末捧劍上）虎帳談兵懸廟勝。請長纓運籌先定。長風萬里好橫行。指日勒山銘鼎。

相見科　末　早間主上傳下旨意來。命吾兄領精兵五萬。下海征高麗國這劍與你軍中行事。有犯法者。先斬後奏。這空頭告身。許你選用人才。竟拜官職。然後奏聞。謝恩科　生　我想當初。若無恩主與恩兄救取。此時已成枯骨。豈料今日也能與朝廷當得一面。

江頭金桂　想昔日身投陷穽。幸蒙恩救此生。誰道陳謀屢中。遭際明聖。把腹心牢訂盟。因此上論戰爲兵。要竭忠盡。喜拜專征新命。西海橫行。感恩那知身重輕。把偏箱鹿角。把偏箱鹿角。依稀八陣。寄邊庭。好教淨洗單于頸只待臨期係漢纓。

【前腔】末　憑着你變奇爲正。神機妙夙成。好似孫吳對壘。頗牧臨陣。況師徒教閱精。待你向蜃海攻城。鯨波交刃。管取不勞而定。馳奏承明。飛鐃入雲歌凱聲。穩功酬推轂。穩功酬推轂。威彰分閫。佇勳名高標銅柱、黃沙塞、圖畫雲臺、白玉京。請問李兄何日啟行。〔生云〕請聞兵貴神速。且明日干支大利。就起兵前去。〔末云〕行兵之際。不得餞送。奈何。〔生云〕此別不久。何勞垂餞。

〔生〕叩首欽承君命。〔末〕爵賞人人歡慶。

〔生〕朝中天子三宣。〔末〕閫外將軍一令。

有兒女之態

第二十八齣　寄拂論兵

【月雲高】小生山花無限。離愁怎消遣。沒奈何分恩愛。恐教拆散。一寸柔腸。兩下裏相縈絆。舉步天涯近。回首雲山遠。何事關情一樹烟。惱殺行人啼杜鵑。

自與公主分手。不覺又是月餘。張姨雖與我書物。正不知他丈夫肯用我否

【前腔】只怕轅門深遠。孤身怎求見。漫提起金張

真實話不委曲

閑目却好

貴。巳是人離鄉賤。若話不投機。可不枉了身勞倦。出處皆前定。空自閒嗟嘆。方信道人生行路難。怎怕得平胡北到天。

行了這半日。身子更覺困倦了。不免把紅拂藏好腰間。向草叢中少睡片時。多少是好〔作睡科〕

〔小桃紅〕〔生領衆軍上〕軍容整肅。陣勢森嚴。鐵騎分前後也。兩翼齊驅下。首尾似循環。看雲屯更風旋。怕甚麽莽蚩尤狡匈奴。能負偸也。這蕞爾高麗何足辦。指點鴨綠江邊。那降旗隱隱城闉。（軍人拿德言科）稟元帥。有細作在此。（生）拿來待我自審問。這廝何故閃在草叢中。（小生）小生聞李元帥出征高麗。願投幕下。因疲倦暫睡在此。不想冐犯虎威。（生）你仔細說來。果是何方人氏。有何緣故。敢逕來投我（小生）元帥

（下山虎）鯫生徐姓。名喚德言。爲有你平安報因

頗精細

此敢候蘇門。〔生〕你莫不是奸細麽。〔小生〕豈是反間憸夫。也非偷營細人。〔生〕一向西京擾亂。連我那家室。也未知如何。你緣何帶得我家信來此。〔小生〕我荊婦與你夫人有姊妹緣。曾同作戾門眷。亂後相逢在遠村。特致青鸞信。不憚艱難。〔生〕你莫不是打聽了我家中事情。故把假書來哄我。〔小生出拂遞科〕試看紅拂慇懃豈偶然。

毫無疑慮李郎真信得過耶

用來不覺填實

生呀。紅拂是我夫人的。如此定是眞了。我亦素聞你才名。如今幸得相會。不惟得了家信。且得賢士。可喜可喜。請坐了。有言望見敎。

【蠻牌令】思家喜書傳。爲國得英賢。資爾謀猷能破敵。管敎我勒燕然。小生多承元帥不棄。只是小生亾國之臣。不可圖存。敗軍之將。難以語勇。生歎包胥無衣誰念。痛左車有策難言。喜今日相逢馬前。幸分明指與平川。

久聞大名。未得相會。如今要征高麗。先生必有妙計。乞明以敎我。〔小生〕元帥雄畧盖世。豈藉餘謀。只是蒭蕘之言。聖人所擇。旣蒙垂問。敢不吐露。竊聞高麗有鴨綠之險。負固不服。今新羅扶餘諸國。環處其外。習知其情。倘元帥發咫尺之書。令彼移兵合擊。是以夷狄攻夷狄。爲力旣易。成功必速。不審尊意如何。〔生〕甚妙甚妙。明日便當依計行事。軍士每。取叅

還虧得紅拂的舉薦

軍服色過來。〔拿冠服與小生科〕〔生〕下官蒙聖旨得專封拜。今日既承制拜先生爲參軍。〔小生〕小生無功。豈敢受職。〔生〕范雎入秦。卽拜亞卿。韓信還漢。便爲大將。豈必拘拘汗馬之功。顧言論何如耳。〔小生〕如此。小生從命了。明早就好發書各國去罷。

〔尾聲〕合檄書速發如飛翰。乘機夾擊莫遲延。管取功成青海邊。

王命師中促遠征。樓船殺氣動旌旗。
洗兵魚海雲迎陣。秣馬龍沙月照營。

曲亦俊雅

第二十九齣　拜月同祈

〔天下樂〕旦　簾幙垂垂春雨微。鞦韆院靜落花飛。貼　碧雲望斷音塵杳。莫怪年年顰翠眉。

〔菩薩蠻〕旦　南園滿地堆輕絮。愁聞一霎清明雨。雨後却斜陽。隔簾花雨香。〔貼〕無言匀睡臉。枕上屏山掩。時節欲黄昏。無聊獨閉門。〔旦〕姐姐。看看送你官人出去。不覺又經年了。你看春色將闌。好傷感人也。〔貼〕我和你空房獨守。

有致

也索自禁受。只不知他每功名如何。

〔征胡兵〕旦　芳郊春老紅英墜。行人那些沒來由爲着功名恐使向天一涯。空自灑思君淚。儘教人極目望魚書。魚書不至。

〔前腔〕貼　想長楊風棹。青驄尾長途怎支。悵空閨漸老韶光。欄干共倚時。曲曲傷心處。儘教人極目眄歸期。歸期不至。

〔貼〕已曾分付梅香。擺下香案。如今天色已晚

請姐姐同去拜月祈禱則個。〔旦〕請了。〔作焚香拜月科〕

〔香遍滿〕〔旦〕幾多心事。拈香拜天都訴與。海月空驚人兩處。知他在那里。榮枯是怎的。告蒼蒼須鑒知。好把人周濟。

〔前腔〕〔貼〕良人別去。春來冷落愁多許。姐姐。似你和我呵。還有故人秉燭西窗語。知他在那里。吉凶是怎的。願蒼蒼默護持。早成就他歸計。

（旦）禱告已畢。同向幽徑中少步一回。如何。（貼）是如此姐姐請行。

（琥珀猫兒墜）（旦）殘紅零落。苔徑點胭脂。流水飄香不待時。多情空詠斷腸詩。（合）腰肢。擔不起一腔春恨。萬縷春絲。

（前腔）（貼）沉沉庭院。愁絶夜何其。被冷香銷月上時。雲遮未放滿朱扉。（合）蛾眉。鎖不住綠肥紅瘦。柳籠花迷。

【尾聲】合無端燕子啣春去，柳絮因風滿院飛。今夜還應攪夢思。

共聽樓頭鼓二更。香堦携手且閒行。
相思相見知何日。此時此夜難爲情。

第三十齣 張皇天討

〔番卜算〕〔生小生領軍上〕〔生〕赤膽佐唐堯。笑把邊塵掃。〔小生〕幕中借筯展龍韜。座上歡同好。〔生〕鐵騎橫行鐵嶺頭。西看暹沙笑覓侯。〔小生〕青海只今將飲馬。黃河不用更防秋。〔生〕軍士每依着陣勢。趲行前去。〔衆應科〕得令。

〔四邊靜〕生 雄兵數萬稱天討。揚帆定邊徼。授鉞自王朝。揮戈下窮島。合 任龍山峻高。熊津險要。

指日破高麗。威風播遐邇。

【前腔】小生生懷中草就平胡表。從軍視征勦。兇窟莫深藏。鯨波豈難擣。合前並下

【前腔】淨扮高麗王領衆上箕封巳卜千年調。通江繞山嶠。可怪大唐朝。稱兵覷吾小。紫雲氣高。白衣拱抱。負固是高麗。徒勞肆征討。

生小生領衆上戰淨敗走下科

【前腔】生小生你看紛紛鼠竄如風掃。長河勢傾

倒。追逐趂波濤。須教四圍繞。合龍山已起。熊津已到。連戰破高麗。威風播遐邈。

（生）天色已晚。暫且收兵。明日必要追擒國王。方可班師。正是

挽弓須挽強　用箭須用長。
射人須射馬。　擒賊須擒王。

自是好漢

第三十一齣　扶餘換主

【破陣子】（外扮扶餘國王領衆將上）莫笑江山換主。須知天地無私。新年正朔從誰是。故里風烟係我思。羞看景物奇。

舉目蠻烟和毒霧。天涯舊恨知無數。故鄉回首作他鄉。一曲琵琶一斷腸。我張仲堅素有圖王之志。因見中原有主。故潛入扶餘。與道兄徐洪客約會。用一奇計。使其內亂交作。國主出亾國人見我從中安集。遂推我爲主。事成之後。道兄竟汎舟投弱水去了。他留下詩一首。道。誰是聰明誰是痴。任他強弱與雄雌。人生枉做千年調。世事還如一局棋。至今誦之。使人嘆息。以後聞得中國。果是李世民爲天子。又早是我見幾。不然這時節那討我處。近日遣大將征討高麗國。李靖打過檄文來。約我各國合兵夾擊。那李靖正是我的故人。

北詞只以調揚氣暢爲主此套卽襍之元詞中恐無從辨也

我一向在此想他。莫若就這攙會。立此功勞。與他會一面。却不兩便。昨日已差軍士打探消息。想必就回也。（小旦作探子上）我是扶餘國王手下一個探子是也。蒙我大王差我打探李將軍與高麗征戰消息。不免回覆咱大王走一遭。

（越調鬭鵪鶉）走的我汗似湯澆。渾身上下水洗。恰離了亂攘攘的軍營。我急煎煎煎煎聆不到大王的這寨里。只我這兩隻脚飛騰。一字兒喘息。看、亡、家、覷、敗、國。人、着、箭、浪、搶、身、歪、馬、中、鎗、驚、急、里、脚、失、。

大王。探子回來了也。（外）他兩下里如何厮殺。怎的見手段强弱。你且慢慢試説一遍來。

【紫花兒序】且焰騰騰火燒了寨柵。浪滔滔的水渰營壘。不刺刺馬踏碎城池。英雄猛將。世上無敵。端的一箇箇貫甲披袍。落可也的氣勢。耀武揚威。擂鼓篩鑼。吶喊搖旗。
【柳營曲】鼓振的那山岳摧。喊聲也似鬼神悲。蕩征塵沓滾滾天日晦。領雄兵迎敵厮殺相持。出馬來。則聽得高呌一聲似春雷。
【外】他兩下怎生披掛。使甚器械。你喘息定。慢慢再說。
【么篇】旦 垓心里耀武揚威。陣面上撾鼓奪旗。李將軍他冠簪着金獅豸。甲掛着錦唐猊。坐下馬勝似赤發猊。高麗國那將軍。又不曾言名諱。不使甚別兵器。他使一條方天画戟。身穿白袍白甲。頭戴着素銀盔。猛見了則是個西方神下世。這一個。合扇刀。望着腦盖上劈。那一個拿方天戟。不離了軟脇裏刺。這一個恨不得扯碎了黃旛。那一個恨不得扢支支頓斷了金錢豹尾。

（外）他兩下畢竟誰弱誰強。誰輸誰贏。

（小沙門）旦兩員將高施武藝。兩員將比並高低。

他兩個棊逢着對手難迴避。兩員將用心機。端的蹺蹊。

【聖藥王】高麗將。命運低。李將軍福分又催。只他這英雄猛烈世間稀。這一個明晃晃的刀去劈。那一個忽辣辣的箭發疾。咭叮噹相對在半空裏。高麗將被李將軍一刀分爲兩段。卒律律迸一萬道家火光飛。

【外】高麗國王。可曾被他拿住了不曾。

尾聲 旦 只這高麗王逃奔他邦去。顧不得金珠寶貝、十萬錦江山。管中朝穩坐盤龍的金椅。

外 賞他一斗酒。一肩肉。免他一個月打差。回 作謝下

外 將官每聽令。如今高麗王逃走。不往女直。定往新羅。你一人與我扮做樵夫。一人與我扮做漁父。在水陸兩路駐札。待他來時。唱歌爲號。即時便要接應擒獲。不可泄了我兵機。如違斬首示衆。衆應得令

扮成漁父與樵夫。水陸須當備不虞。
計就月中擒玉兎。謀成日裡捉金烏。

插一段詐誘，便覺波瀾

第三十二齣　計就擒王

【步蟾宮】（淨奔上）神龍失勢忙奔走。竄身好似喪家狗。金城百雉等閒收。英雄恨落他人彀。

英雄失志受人欺。白刃無光戰馬疲。得意狐狸渾似虎。敗翎鸚鵡不如雞。自家高麗王便是。連日與李靖這廝苦戰。被他殺得個片甲不回。如今要投女直去請兵。不免間路前去。

【錦上花】（丑扮樵夫上）伐木四山幽。揮斧風颼。丁丁響處。鬼哭猿愁。一時休。一時休。出不得樵夫手。

【前腔】【末扮漁人上】放下釣魚鉤。心在竿頭。鰲魚怎得擺尾搖頭。一時休。一時休。出不得漁人手。

【淨】樵夫。我要到女直去。從那條路可去。【丑】須要渡水去。那邊有個漁船。我喚他過來渡將軍。【喚船打照會介】【末】將軍來。我兩人扶你上船。【作鄉科】【淨】呀。不好了。你是甚庅樣人。敢縛我。【丑末】我兩人也非漁父。也非樵夫。奉扶餘國王軍令。差來拿你。如今走那里去。快去見大王。

【前腔】合小國恣兇謀。戰敗何投。軍機緊急。怎敢淹留。一時休。一時休。脫不得屠龍手。

樵斧聲中花木枯。漁歌一曲起菰蒲。
不施萬丈深潭計。怎得驪龍頷下珠。

第三十三齣 天涯知己

【賀聖朝】（生）驅兵破陣如風雨。早堅城褁壘。赫赫王靈。明明將令。堂堂師旅。（小生）班固叅軍。陳琳草檄。慚愧同遭遇。喜主帥功高。誰數貳師。漫誇都護。

我每連戰數十陣高麗雖已蕩平。只是國王逃竄尚未擒獲。昨已發書各路。嚴加緝捕。不知如何。（小生）元帥神謀妙計。周悉無遺。此虜雖逃。終是燕巢飛幙之上。魚遊沸釜之中。不久也必授首。不須懸念。

【駐雲飛】生 耀武邊陲。樂浪臨屯盡掃除。早驗征西討。勝置安東尉。嗏 百戰謝天威。無勞折矢。平定安集。敢負師中寄。只待擒王奏凱歸。

【前腔】小生 上將宣威。萬里功成一指揮。昔日揚波地。今作乘田矣。嗏 韜畧任施爲。戰無不利。到處資糧。何用千金費。只待擒王上捷書。

月明千里故人来果然出自塞外至此始是虬髯公為衛公結局

海棠花〔外領衆解高麗王上〕三載霸西隅。一舉成奇績。牙門官。可與我通報道。扶餘國王擒得高麗僞主。到帳下報功。〔生〕既是歸順國王。况有大功。禮合迎接。〔生小生接見科生作驚疑科〕呀。元來却是張兄。

玉交枝 生。乍驚還喜。在他鄉得逢故知。想當時靈石成交誼。十餘年遠隔天涯。無端越鳥驚北飛。誰知胡馬在西風裏。論君才須當遇時。但未知致身甚術。

【前腔】（外）當時別去。向西方悄投事機。見扶餘國亂無明主。因此上用計圖之。鵰鶚不從鵬遠飛。魴魚暫邇鮫人住。羨君家終能致主。任專征提兵萬里。

【玉胞肚】（小生）雄材俠氣。久聞君每勞夢思。逢季布不羨千金。識荊州萬戶何伎。（合）明朝連轡。卿雲

何等體貼

繞路耀旌旗。共謁明光飲至歸。

【前腔】生 功成萬里。取元兇仗君虎威。想前日發檄飛書。俱是我參軍奇計。合前

【生】參軍。你夫人與我寒荆所居是何地名。【小生】喚做青山村。我每班師入京。亦是便道。【生】既如此。參軍可領前隊人馬先駐札村口。參軍自到村中。與他說知。省得大軍齊到驚動他。我隨後同張兄領大軍便來也。【小生】元帥

此拂又經德言手一番

何不先寄一書。與我帶去。[生出拂科]我歸期已近。不必寫書。只將此拂寄還寒荆便了。[小生]元帥與張王一路同行。正好話舊也。

生　歸程喜與故人同。

小　指日銘勳共鼎鐘。

外　一葉浮萍歸大海。

合　人生何處不相逢。

曲有情景
極妙

第三十四出　華夷一堂

畫堂春　旦上　東風吹柳日初長。雨餘芳草斜陽。杏花零落燕泥香。睡損紅粧。貼　香篆暗消鸞鳳。画屏縈遶瀟湘。峭寒輕透薄羅裳。無限思量。

長相思　旦　紅滿枝。綠滿枝。宿雨懨懨睡起遲。閒庭花影移。貼　憶歸期。數歸期。夢見雖多相見稀。相逢知幾時。

二犯傍粧臺　旦　粉褪玉肌香。無邊春事掛垂楊。

東嘉入室矣

恨落紅鋪砌穩聽杜宇喚愁悵平蕪盡處春山小花壓欄干春晝長（合）一般情況幾回斷腸只落得盈盈秋水淚汪汪

【前腔】（貼）閨夢繞遼陽怪來空帳冷牙床任從他銷蝶粉聽不得奏鶯簧寫愁無奈裁詩苦織錦頻添繡線長（合前）

【不是路】（小生上）金勒絲韁柳外垂鞭拂短墻停驂望依然流水遶村庄此門是了不免扣門則個

賣信亦且完了
拂子局面

開門開門。【旦貼合】是誰行。敢是隣家女伴來相訪。【開門科】【旦】呀。徐官人回來了。此去如何。【小生】且請從容聽話長。解行囊。【出拂科】當年。紅。拂。渾無恙。【旦驚科】呀。爲。何。又。帶。了。回。來。【小生】漫勞惆悵。漫勞惆悵。

【旦】徐官人。你此去莫非不曾見我丈夫麽。【小生】張姨。你試猜一猜。

【紅納襖】【旦】他莫不是未遭逢。漂流轉異鄉。【小生】

後數段寫一皆猜疑驚訝光景甚多意致甚多轉折

本色

他官拜尚書。職任元帥。統五萬之衆。西討高麗。也不當漂流了。〔旦〕莫不是享榮華。把舊恩情渾撇樣。〔小生作冷笑科〕〔旦〕待教我白頭寫恨空勞攘。因此上紅拂傳情竟渺茫。〔小生〕張姨多心了。請再參詳。〔旦〕這話兒教人怎詳。〔貼〕姐姐但放心。〔旦〕這心兒教人怎放。爲甚的舊物空歸也。只落得萬縷千絲攪寸腸。

〔前腔〕〔貼〕官人。你莫不是路迢迢。風塵中到不得

把紅拂又猜一叅

遼海傍。[小]我既到不得那里。爲何知他的消息。[貼]你既到那里。却元何無回音。莫不是啓鏘鏘劍戟。把你相攔當。[小生]我曾面送張姨的家書。蒙他拜我爲叅軍。誰敢攔當。[貼背]莫不是萬軍中痛青年。送戰塲。因此上一封書。把紅拂空回往。[小生]他百戰百勝。巳成擒王大功。安得有此。[貼]莫不改調他方。[小生]不是。[貼]莫不是路阻無梁。[小生]我來得他也來得。有甚麽路阻。

趣

貼 如此說。我這遭猜着了。多。應。是。將。到。天。台。也。先。遣。劉。郎。候。阮。郎。

小生 是了是了。李元帥與我一同班師回來。特令我在前隊通報。他隨後就來也。

旦 如此謝天謝地。

軍人上 報叅軍爺知道。元帥爺下馬了。

生查子 生外上 百戰定邊疆。不枉身勞攘。旄頭巳失光。凱奏金鐃響。

〔生〕轉過杏花村。便是桃源路。〔外〕我也要見一妹一面。只是陳公主在內。恐不穩便。〔生〕徐叅軍也是異姓兄弟。便見他渾家何妨。〔軍〕又報小生出迎〔旦〕呀。果是官人回來了。〔合〕拜科〔生〕巳作經年別。〔旦〕相逢似夢中。〔外〕好將過往事訴與落花風。〔旦〕張兄別去巳久。何緣也同到此。〔外〕一妹還認得我。〔旦〕官人。你將別後踪跡。畧說與我知道。

【刮鼓令】生 當日赴戰場。冒軍法險受殃。賴聖主仁兄相救。屢立奇功擒虎狼。天子命我討高麗時節。路上遇徐郎。開緘喜聞陳姨相傍。且賴他籌策破金湯。不想張兄已爲扶餘國王。爲徵發因得會名王。

【前腔】小生 辭別去杳茫。嘆孤身滯海邦。歷盡了風波勞頓。又從軍駕海航。自爲利名韁。歸心大刀。終宵怏怏。幸今日返旆水雲鄉。喜依然雙燕在雕梁。

【前腔】【旦對生貼對小生同唱】離别久暗傷。減腰圍褪粉光。禁不得蘼蕪春望。恨王孫戍遠方。寂寞度年芳。今朝喜聞功成平壤。看男兒衣錦早還鄉。免教人買卜問行藏。

【前腔】外 嘆藥室道傍。猛回頭淚兩行。爲只爲雄心難下。把他鄉作故鄉。歸與已茫茫。今朝喜與故人相向。把微功漫錄在封章。再休題四海一

該說把微功免錄在封章才是。虬髯寧爲難口之意

空囊。

生張兄。我當初渡江時。曾拜禱西岳之廟。朦朧中因得一夢。到如今想來。都已應着了。念前西江月詞他說紅絲繫足。月府跨鳳。正應我寒荆出自越公之府。手持紅拂。一時相遇。豈非奇逢。說金卯正應劉兄說長弓已應張兄。堯天日棒正要我盡忠大唐。豈非一定之數。鬼神所司。我昨日進表章時。已帶一款在上。請將所得高麗府庫銀三百兩。修葺西岳廟宇。只待聖旨到來。便知分曉。

【粉蝶兒】【末賫詔上】奉侍明光。幸覲龍顔歡暢。喜班師遣郊迎勞賞。捧絲綸持玉帛。榮光駘蕩。合荷皇恩。天高地厚難量。

故人相别久。今日喜成功。寄語衙門吏。丹書下九重。自家劉文龍。蒙聖恩差我賫詔到李靖軍中。聞他大軍駐札在此。不免着人通報

近來中演劇作虬髯公聞詔至乃謂衛公曰恩綸且至請從此辭後會未期學郎珍重遂飄然先下此般司馬串頭參以為極渭虬髯之概惜伯起見不及此

則個。〔相見讀詔科〕詔書已到。跪聽宣讀。皇帝詔曰。朕惟創業惟艱。賢良是藉。茲爾李靖。南平吳。北破突厥。西定吐谷渾。今又平高麗。功高愈下。宦成無毀。遷尚書左僕射。加封衛國公。扶餘國王張仲堅。手縛大醜。歸順中國。特賜節鉞。加封海道大總管。參軍徐德言。累建奇計。肅清海宇。授丹陽刺史。靖妻張氏。封衛國夫人。德言妻陳氏。封丹陽郡夫人。各賜服

二襲靖所請重修西岳廟。聽支軍前銀兩。專遣幕官一員督修。仍敕賜靈感扁額。謝恩。衆

拜謝科

山花子 生 和風獻捷蓬萊上。喜清時際遇明良。聽歌謳歡騰萬方。天階拜祝霞觴。合 息邊烽蒼生阜康。閭閻擊壤樂未央。虞庭管取儀鳳凰。惟願天心永祐皇唐。

前腔 小生 孤身失國無依仗。嘆頑砆自愧圭璋。喜

叅謀功高定襄。今朝分得餘光。合前

【前腔】外 中原一別成虛想。半生來客寄遐荒。慘雲霞隔絕故鄉。豈期功奏擒王。合前

【撲燈蛾】旦 雲生五色光。彩結三芝上。當此太平日。夫婦共遭恩眷也。共歡呼瞻望。任教賀燕繞華堂。合 好花枝時來須放。笑塵埃誰解識賢良。

【前腔】貼 花生銀燭光。春滿珠簾上。今朝共歡會佳辰。永諧繾綣也。看春光醞釀。喜孜孜和氣毓

蘭房。合前合

尾聲 合 休論聚散如𣅿掌。還與天工做主張。留取千年作話揚。

今日絲綸煥薜蘿。來朝闕下聽鳴珂。

花迎喜氣皆知笑。鳥識歡心亦解歌。

ISBN 978-7-5010-7367-2
9 787501 073672 >
定價：90.00圓